BBULMEDIA

http://www.bbulmedia.com

역
천
도

逆天道

# 역천도

1판 1쇄 찍음 2011년 7월 8일
1판 1쇄 펴냄 2011년 7월 11일

지은이 | 비 가
펴낸이 | 정 필
펴낸곳 | 도서출판 **뿔미디어**

기획 | 이주현, 문정흠, 손수화
편집책임 | 심재영
편집 | 이재권, 조주영, 주종숙, 이진선
관리, 영업 | 김기환, 김미영

출판등록 | 2002년 9월 11일 (제1081-1-132호)
주소 | 부천시 원미구 상3동 533-3 아트프라자 503호 (우)420-861
전화 | 032)651-6513 / 팩스 032)651-6094
E-mail | BBULMEDIA@paran.com
홈페이지 | www.bbulmedia.com

**값 8,000원**

ISBN 978-89-6639-175-2 04810
ISBN 978-89-6359-315-9 04810 (세트)

# 목차

81
장
—

잔
혼
마
저

묻
다

"그는?"

혈선의 목소리가 울려 퍼지자 잔혼마제는 즉시 고개를 바닥에 처박았다.

"그, 파천마는 중원을 향해 진격을 시작했습니다."

"그런가⋯⋯."

잔혼마제는 등줄기를 타고 흐르는 기이한 감각에 살짝 고개를 들었다.

그토록 바라던 일이다.

그동안 끝도 없이 바라고 또 바랐던 일이다.

그런데 혈선은 기뻐 보이지 않았다.

오히려⋯⋯.

"위대하신 분이시여."

혈선의 그림자가 천천히 고개를 들었다.

"파천마와 혈천의 전사들이 전진을 시작한 이상 중원은 반드시 우리의 손에 들어오게 될 것입니다."

잔혼마제의 목소리에는 확신과 환희가 함께했다.

하지만 혈선은 더없이 담담해 보였다.

"그렇겠지."

"혈천의 전사들은 중원을 혈선의 발 아래 바칠 것입니다."

"……."

혈천은 천천히 고개를 저었다.

"의미없는 일."

잔혼마제의 고개가 결국 들리고 말았다.

왜 이러시는 걸까?

이 순간을 위해서 그 뼈를 깎는 고련과 지옥의 고통을 참아 온 것이 아닌가?

혈선은 천천히 입을 열었다.

"중원이라……."

혈선의 목소리는 더없이 가라앉아 있었다.

그의 목소리에는 잔혼마제가 잡아낼 수 없는 수 많은 감정들이 휘몰아치고 있었다.

"중원을 얻게 된다면 무엇이 달라질 것 같으냐?"

"……."

잔혼마제는 대답하지 못했다.

혈선의 질문이 무엇을 의미하는지도 정확히 찾아내지 못
한 잔혼마제였다.

"잔혼마제."

"충!"

"너와는 참 오랜 시간을 함께했었지."

"혈선께서 저를 거두어 주신 순간을 저는 일생의 광명으
로 기억하고 있습니다."

"그럼 묻겠다."

잔혼마제는 다시금 고개를 파묻었다.

"천하를 손에 넣는다는 것은 무엇이냐?"

"저, 저는 감히 알지 못합니다."

잔혼마제는 식은땀을 흘렸다.

그저 입바른 소리를 한 것이 아니었다.

황제가 아니면 누가 그것을 알 수 있겠는가?

그것에 대해 알아 가야 할 사람은 잔혼마제가 아니라 바
로 혈선이었다.

"그렇겠지……."

잠시 침묵이 혈거를 감싸고 돌았다.

잔혼마제는 고개를 들지 못했다.

혈선의 침묵이 오늘따라 너무도 무겁게 느껴졌다.

"제가… 생각 할 수 있는 것은……."

"……."

"수많은 부와 명예. 그리고 미녀. 그리고……."

"그만."

"송구합니다."

혈선의 웃음이 조금 흘러나왔다.

"그래. 그것뿐이겠지. 또 무엇이 있겠느냐."

"……."

"역사에 이름을 남긴다는 것이 그리 중요하겠는가?"

"저는 감히……."

"내가 죽어 버린 뒤에 내 이름이 흘러나온다는 것이 무슨 의미가 있겠느냐?"

"……."

"흔한 자긍심. 그리고 흔한 욕심."

혈선의 기도가 조금씩 거칠어지기 시작했다.

"단지 그런 걸 위해 모든 것을 포기해 버릴 이유가 있는가?"

"혀, 혈선이시여!"

잔혼마제는 자신도 모르게 비명을 질렀다.

혈선의 기운이 잔혼마제의 육신을 금방이라도 찢어발길 듯 광포하게 날뛰었다.

"더 가여운 것은."

혈선의 목소리에 쓸쓸함이 묻어났다.

동시에 잔혼마제를 압박하던 기운이 씻은 듯 사라졌다.

"그것마저도 아니었다는 것이지……."

"……."

"그것마저도……."

잔혼마제는 침음성을 삼켰다.

혈선이 무슨 이야기를 하고 있는지 도무지 알 수가 없었다.

"마지막이 다가오니, 나도 평정을 잃었군. 쓸데없는 소리를."

혈선은 천천히 고개를 저었다.

잔혼마제는 감히 입을 열지 못했다.

"빈틈없이 시행하라."

"충!"

잔혼마제는 물러가지 않았다.

혈선은 그런 잔혼마제를 보며 입을 열었다.

"할 말이 남아 있는가?"

"위대하신 분이시여. 송구하지만 드릴 말씀이 남아 있습니다."

"말하라."

잔혼마제는 잠시 뜸을 들이더니 입을 열었다.

"그, 그녀에게 선봉의 역할을 맡긴 것은 과한 것이 아닌지……."

"……."

"전사들에게서도 동요가 흘러나오고 있습니다. 너무 갑작스런 고수의 등장이라……. 물론 단번에 그런 고수를 만들어 낸 혈선의 능력에는 찬사를 보내고 있지만……."

"만들어 냈다라……."

나직한 웃음이 흘러나왔다.

잔혼마제는 영문을 몰라 입을 열지 못했다.

"너 역시 내가 그녀를 그렇게 만들었다고 생각하고 있는가?"

"……위대하신 혈선이 아니라면 누가 그런 엄청난 일을 할 수 있겠습니까?"

"너 역시 착각에 빠져 있구나."

"속하는 잘 모르겠습니다."

"구음절맥은 희귀한 절맥이지."

"그렇습니다."

"모두가 그렇게만 알고 있겠지."

"……."

혈선은 천천히 말을 이었다.

"구음절맥은 많은 것이 알려져 있지 않은 절맥이다. 그나마 그것을 조금이라도 이해하고 있는 자들은 구음절맥이 양기를 순화시켜 주는 효능이 있다고 알고 있지."

"그, 그렇습니다."

잔혼마제 역시 그렇게 알고 있었다.

"그게 가능한가?"

"무슨 말씀이신지?"

"음기가 강한 여인과 음양합일을 함으로서 양기를 순화한다는 것이 가능하냔 말이다."

"……."

잔혼마제는 입을 닫았다.

잔혼마제가 알고 있는 어떤 무리를 가져다 대도 그것은 결코 불가능한 일이었다.

하지만 실제로 벌어지고 있는 일이 아닌가?

"허나 실제로는……."

"그것이 음양합일 때문인가?"

"……."

"음양합일 때문이라면 서로 무공을 익힌 자들끼리 교합을 할 때는 어찌 사단이 벌어지지 않는가? 서로 다른 기운이 충돌할 텐데?"

"……."

"우스운 일이지. 항상 무리를 따지는 것들이 막상 눈앞에 벌어지는 일에 대해서는 원리도 알아보려 하지 않고 현상을 그대로 믿어 버린다는 것이."

"송구합니다."

"탓하려 하던 것은 아니다."

"가, 감사합니다."

"너는 구음절맥이 무엇이라 생각하나?"

"그, 그건 아마도, 특이한 절증의 일종으로서 음기가 과다하게 체내에 쌓여서……."

"가능한가?"

"예?"

"음기가 과도하게 체내에 쌓인 여인이 어떻게 살아 있는가?"

"그래서 십구 세를 전후로 죽음을 맡게 된다고……."

"십구 년을 음양의 조화가 깨어진 채 살 수 있단 말인가?"

"……모르겠습니다."

혈선은 천천히 고개를 저었다.

"빙정은 어떤가?"

"빙정은 극음의 기운이 모인 광석입니다."

"어떻게?"

"무슨 말씀이신지?"

"광석에 어떻게 극음의 기운이 모일 수 있는가?"

"……."

"그럼 북해를 넘어 극음의 기운이 모이는 곳에 위치한 만년설들은? 그것들은 어떻게 아직도 빙정이 되지 않았을까? 만 년이나 극음의 기운을 받았는데."

"모르겠습니다."

"우스운 일이지. 이토록 당연한 것들을 의심하지 않는다는 것이."

"……."

"강호에는 이런 일들이 무척이나 많지. 너무도 당연한 것들을 의심하지 않는 것."

"그, 그렇습니다."

"빙정도 구음절맥도 음기가 과도하게 모인 것이 아니다. 그것들은 그저 음기가 통하는 통로일 뿐이지."

"무슨 말씀이신지?"

"왜 사막은 뜨거운가?"

"……."

"왜 북해는 차가운가?"

"……."

"자연은 음양의 조화를 바탕으로 흘러간다. 다만 음과 양이 동일하게 분포한 것이 반드시 음양의 조화는 아니다. 극음 역시 음양이오. 극양 역시 음양이다."

"그렇습니다."

"빙정은 음의 기운을 잘 흐르는 돌일 뿐. 그 스스로 음의 기운을 타고난 것이 아니다. 구음절맥 역시 음의 기운이 몸 안으로 스며드는 절맥이지."

"그렇다면 구음절맥이란……?"

"구음절맥을 타고난 여인의 몸에는 주변의 음기가 파고든다. 그 여인과 교합을 하면 양기가 수그러 드는 것은, 구음절맥의 여인과 접촉을 하게 되면 주변이 음기로 가득 차기 때문이지. 그 상태에서는 호흡 하나, 운기 한 번에도 평소의 몇 배가 넘는 음기가 파고든다."

"타고난 것이 아니란 말씀이십니까?"

"구음절맥의 여인이 죽음을 당하게 되는 이유는 음기가 과하기 때문이 아니다. 양기가 소진되기 때문이지. 체내로 파고드는 음기를 막아 내기 위해 양기가 과도히 고갈되면 결국은 조화가 깨어지고 죽게 되는 것이다. 너는 내가 하는 말이 무슨 의미인지 알겠느냐?"

"저는 모르겠습니다."

"탈마란 무엇인가?"

"……."

"무극이란 무엇인가?"

"경지를 깨는 것입니다."

"경지를 깬다는 것은 무엇인가?"

"……."

"무극을 다른 말로 자연경이라고 하지. 자연과 하나가 되는 경지. 이는 곧 자연의 기운이 인간의 육신으로 막힘없이 흐르는 경지를 뜻한다."

역천도

"아……."

"그렇다면 구음절맥이야말로 진정한 자연경이 아니겠느냐? 태어나면서부터 막힘없이 기운이 흐를 수 있는 육체이니 말이다."

"그렇습니다."

"나는 그저 그녀의 몸에 남아 있는 양기를 제거해 준 것뿐이다. 그것만으로 그녀의 육체는 자연의 기가 자연스레 흐르는 몸이 되어 버린 거지."

"불공평합니다."

"……불공평?"

"저는 무극에 오르기 위해 백 년에 가까운 고련을 쌓았습니다. 그럼에도 얼마 전 겨우 그 경지에 오를 수 있었습니다. 그런데 타고난 체질 하나 덕분에 단숨에 무극에 오를 수 있단 말입니까?"

"다른 이들이 백 년을 고련한다면 너와 같은 경지를 꿈꿀 수 있을까?"

"……."

"너 역시 누군가가 보기에는 불공평한 재능을 타고 났지."

"허나……."

"세상은 당연히 불공평하다. 태어날 때 가진 재능과 재력, 능력, 육체. 그 어떠한 것도 공평한 것은 없지. 그게 당연한 일이다."

"……알겠습니다."

혈선은 나지막히 웃었다.

그 웃음에는 분명 잔혼마제에 대한 비웃음도 포함되어
있었다.

"그렇게 억울해할 것 없다."

"무슨 말씀이신지?"

"나는 분명 말해 주었다. 내가 한 것은 그저 그녀의 양기
를 제거해 준 것뿐이라고."

"아……."

"너라면 그 말이 무슨 뜻인지 알 수 있을 것이다."

"그렇다면… 불공평하지 않습니다."

"가 보거라."

"충!"

잔혼마제는 바닥에 머리를 찧었다.

그리고 생각했다.

양기를 제거한다.

간단한 말이다.

하지만 그 결과는 절대 간단하지 않다. 양기가 제거된 이
상 그동안 그녀의 육체를 침범하지 못했던 음기가 폭발적으
로 스며들 것이다.

그녀는 그 음기를 바탕으로 단숨에 무극에 올랐다.

하지만…….

양기가 남아 있지 않은 몸이란 살아 있는 시체나 마찬가지다.

그녀는 지금 이 순간에도 죽어 가고 있는 것이다.

'구음절맥을 타고나 무공을 익힌 여자는 하나같이 소수마후란 이름으로 불렸다. 그리고 역사 어디에도…….'

이십대가 넘은 소수마후는 존재하지 않았다.

십구 세가 되어 죽거나.

아니면 소수마후가 되어 조금 더 살거나…….

서글픈 운명이었다.

"한 가지 더 물어도 되겠습니까?"

"말하라."

잔혼마제는 조용히 입을 열었다.

"그녀도… 알고 있습니까?"

혈선은 잠시 대답하지 않았다.

"제가 묻지 말아야 할 것을 물었습니다. 용서하십시오."

"나가 보아라."

"충!"

잔혼마제는 고개를 바닥에 박고 뒤로 기었다.

그리고 조심스레 문을 열고는 밖으로 나갔다.

"잔혼마제."

"하명하십시오!"

혈선의 나직한 목소리가 잔혼마제의 귀를 파고들었다.

"알고 있다."

"……알겠습니다."

잔혼마제는 혈거 밖으로 나갔다.

그리고 혈선은 천천히 천정을 올려다 보았다.

"난……."

혈선은 고개를 저었다.

주사위는 던져졌다.

이제는 돌이킬 수 없다.

모든 것을 끝내기 위해 혈선은 갈 것이다.

그것이 비록 마주하기 싫은 현실일지라도.


잔혼마제는 문을 닫고 혈거 밖으로 나왔다.

그리고 하늘을 올려다 보았다.

'죽음을 알고 있다는 건 어떤 기분일까?'

하루하루 죽어 가는 자신의 육체를 느껴야 한다는 것.

그게 어떤 기분일지 잔혼마제는 상상조차 할 수 없었다.

'왜?'

잔혼마제에게 마지막 든 의문이었다.

그녀의 육체는 아직 한계가 아니었다.

그런데 소수마후의 길을 선택한 이유는 무엇일까?

만약 그 길을 택하지 않았다면 살 수 있는 기간이 분명 조금은 더 늘어났을 것이다.

그런데 왜?

잔혼마제는 고개를 저었다.

그건 잔혼마제가 생각해야 할 부분이 아니었다.

오로지 그녀가 홀로 감당해 내어야 할 부분이었다.


　　　　　*　　　　　*　　　　　*


단천호의 얼굴은 더 없이 딱딱하게 굳어 있었다.

모용가려는 그런 그의 얼굴을 보면서 아무 말도 할 수 없었다.

그녀 역시 이해가 안 가는 일인데 무슨 말을 하겠는가?

"……."

모용민은 살벌한 단천호의 얼굴을 보고 목을 움츠렸다.

그리고 떨떠름한 얼굴로 모용가려에게 전음을 보냈다.

"가려야?"

"예. 증조부님."

"그날 무슨 일 있었느냐?"

"아니, 그게……."

"하루, 이틀도 아니고 몇 날 며칠을 저러고 있느냐?"

"증조부님……."

"그, 혹시 내가 생각하는 그런……."

"시끄러우니 조용 좀 하죠."

모용민은 입을 다물었다.

개미새끼 발소리도 들릴 전각 안이 시끄러울 리가 있는
가?

'이젠 전음까지 처 듣는군.'

말도 못해. 전음도 못해.

모용민은 자신도 모르게 한숨을 내쉬었다.

'괜히 일을 만들어서.'

밀린 일을 좋게 좋게 해결하는 김에 고손까지 볼 생각이
었는데 틀어져도 단단히 틀어진 모양이었다.

'에잉. 이젠 말도 제대로 못하는 처지라니, 어쩌다 내가
이렇게 됐나.'

모용민은 주변을 둘러보았다.

그뿐 아니었다.

강호의 명숙이란 자들은 모일 만큼 다 모였는데 말 한마
디 꺼내는 사람이 없었다.

하기야 모용민도 입 다물고 있는데 누가 입을 열겠는가?

"시작 안 하나?"

있었다.

단천호의 기분 따위는 생각도 않고 말할 수 있는 존재.

그는 물론 단무성이었다.

"문상."

단무성의 말이 끝나자마자 단천호가 제갈군을 불렀다.

"크흠."

제갈군은 자리에서 일어섰다.

"회의를 시작하겠습니다."

제갈군의 말에 모두가 고개를 끄덕였다.

"일단 편제의 문제입니다. 구파, 삼대세가, 중소문파, 새외문파를 각각 하나의 단으로 만들어서 천지인황……."

"됐어요. 부르던 대로 불러요."

"……."

"구파는 그냥 구파. 세가는 그냥 세가. 부르던 대로 부르면 됩니다. 어설프게 지칭했다가 제대로 전달이 안 되면 역효과만 날 뿐입니다."

"소속감이……."

"소속감은 그런 데서 나는 게 아닙니다. 무인이라는 것으로 충분해요. 소속감은 앞으로 알아서 가지게 될 겁니다."

"……예."

제갈군은 머쓱한지 어깨를 으쓱했다.

"그동안의 변화를 말씀드리겠습니다. 중소문파들은 규합이 끝났습니다. 대부분의 문파들이 지금 이곳으로 향하고 있고 앞으로도 꾸준히 합류할 것입니다. 구파와 삼대세가역시 남은 전력을 모조리 끌어모으고 있습니다."

"새외는?"

"새외에서는 우선 포달랍궁을 중심으로 북해빙궁. 야수궁의 삼궁. 거기에 오독문이 합류했습니다. 그 외에도 속속 모여들고 있습니다."

"철기방은?"

"철기방은 일단 중소문파에 넣었습니다."

"음."

단천호는 고개를 끄덕였다.

"이 기준으로 지금 가장 강한 세력은 구파. 그 뒤는 새외 문파가 잇게 됩니다. 삼대문파는 당한 타격이 너무 많아서……."

"타격이 많다고?"

모용민의 눈썹이 꿈틀댔다.

"우리와 남궁세가, 제갈세가. 거기에 단가장이면 구파에게 밀리지 않소."

"사실입니다."

"그런데 왜 우리가 세 번째요!"

"말씀하신 남궁세가가 변을 당했습니다."

"뭣이?"

모용민은 자리에서 벌떡 일어났다.

"그게 무슨 소리요!"

제갈군은 침통한 얼굴로 입을 열었다.

"말씀드린 그대로입니다. 합류하던 남궁세가가 변을 당했습니다."

"누가 그랬단 말이오?"

"생존자에 따르면……."

"따르면?"

"남궁세가의 장자인 남궁의룡이 저지른 일로 보입니다."

모용민은 헛바람을 머금었다.

"그게 말이 되는 소립니까?"

"저도 몇 번이나 확인해 보았습니다. 하지만 사실인 것으로 보입니다. 남궁의룡은 스스로를 파천마(破天魔)로 칭하며 아버지인 남궁제를 죽이고……."

"파천마?"

"그렇습니다."

단천호는 의자에 깊숙이 몸을 묻었다.

'파천마라…….'

그의 자리다.

단천호가 있었어야 할 자리.

그곳을 남궁의룡이 차지했던 모양이다.

'불공평하군.'

단천호는 그 자리를 차지하기 위해 긴 기간을 고려해야 했다.

그런데 겨우 이 정도 시간 만으로 그 자리를 손에 넣

다니…….

단천호의 눈이 빛났다.

"천혈광마……."

모두의 눈이 단천호에게로 향했다.

"팽 가주는 깨어났나요?"

제갈군이 고개를 끄덕였다.

"그렇습니다."

"그럼?"

"그 역시 남궁의룡이……."

"그렇군."

단천호는 고개를 끄덕였다.

천혈광마가 남궁의룡이라면 이 모든 것이 설명이 된다.

"그게 무슨 소리요? 그 마물이 바로 남궁의룡이란 말이오?"

"그렇습니다."

"허허……."

모용민은 웃어 버렸다.

이걸 믿으란 말인가?

남궁의룡이 천혈광마이고 그가 자기 아비를 죽였다고?

남궁의룡이 도대체 왜!

그는 세가의 촉망받던 기재였다.

삼대세가는 물론 구파에서도 그를 이길 후기지수는 존재

하지 않았다.

후대의 천하제일인이 왜 그런 짓을 저지른단 말인가?

"뭐 나 때문이겠죠."

모용민이 단천호를 바라보았다.

"너 때문이라고?"

"아니면 못 이길 테니까."

"……."

모용민은 입을 다물었다.

일리가 있다.

자존심이 강한 남궁의룡이라면 그런 길을 택할 수도 있다.

하지만…….

그건 아니지 않은가?

"이미 나와 있는 현실을 이러쿵저러쿵해 봤자 달라질 건 없어요. 천혈광마가 남궁의룡이란 것만 알면 됩니다."

"하지만!"

"그럼 뭘 어쩌라구요?"

"……."

"이미 이렇게 되어 버렸는데 뭘 어떻게 할까요? 남궁의룡한테 찾아가서 이제 그만하고 돌아오라고 할까요? 자기 아버지까지 죽여 버린 괴물한테?"

"크으……."

"그쪽을 선택한 게 나을 수도 있겠죠."

"그건 무슨 소리냐?"

"아니에요."

단천호는 얼버무렸다.

나을 수도 있다.

혈천에 있는 이상 죽을 확률은 사분지 일로 줄어들 테니까.

사는 것이 목적이라면 혈천에 붙는 것이 백 배는 나았다.

단천호가 눈짓을 하자 제갈군이 고개를 끄덕였다.

"여하튼 남궁세가가 거의 몰살당한 것은 사실입니다."

"으음……."

모용민은 한숨을 쉬었다.

그렇다면 아무리 단가장이 함께한다고 해도 삼대세가의 세력이 약해진 것은 부인할 수 없었다.

"그럼 이제 무얼 하면 되는 겁니까?"

단천호가 자리에서 일어섰다.

"맹주."

"예."

"구파를 맡아 주세요."

"알겠습니다."

"모용 영감님은 삼대세가를."

"그러마."

단천호는 대승정을 바라보았다.

"새외문파를 부탁드립니다."

"알겠습니다."

"화소소."

"예."

"무리한 일인 줄 안다."

"신명을 다하겠습니다."

단천호는 고개를 돌려 제갈군을 바라보았다.

"각 문파에서 신법이 빠르고 젊은 이들을 따로 추려 주세요."

"알겠습니다."

"비연단(飛燕團)이라 칭하고. 유격전을 전문으로 합니다."

"유격… 전입니까?"

"내 말이 무슨 뜻인지 알리라 믿습니다."

"알겠습니다."

"단천룡."

"음."

"비호단을 맡아라."

"내가? 나는……."

"그냥 맡아. 지금 누가 맡고 어쩌고를 따지고 있을 때가 아냐."

"알았다."

"무상과 문상 총사는 이들을 총괄합니다."

단무성은 고개를 끄덕였다.

"무상과 맹주께서는 두 가지 임무를 동시에 해 주셔야 합니다. 하실 수 있을 거라 믿습니다."

"알겠습니다."

"노력해 보마."

단천호는 고개를 끄덕였다.

"기본적으로……."

단천호는 나직하게 한숨을 쉬고 말을 이었다.

"모든 승부는 유격전을 기본으로 합니다. 치고 빠지기."

"……."

"문제는 우리의 신법이 저들보다 느리다는 겁니다."

모두가 얼굴을 굳혔다.

느린 자가 빠른 자를 상대로 유격전을 한다?

불가능한 일이다.

"그러니 유격전은 희생을 감안합니다. 지금 우리가 믿을 수 있는 것은 적들에 비해 압도적이라 할 수 있는 수의 우세. 그것 외에는 없습니다."

"……."

혜정 신니가 날카롭게 소리쳤다.

"너무 심한 말씀 아닙니까?"

"말싸움하고 싶지 않습니다. 적들은 최소 일천. 그들 중 가장 약한 자가 여기 있는 단천룡보다 강합니다. 문파의 대부분이 단천룡보다 강하다면 제 말은 신경 쓰지 않으셔도 됩니다."

"……."

혜정 신니가 입을 닫았다.

단천룡은 최근 뇌전신룡(雷電神龍)이라는 이름으로 무위를 떨치고 있었다.

후기지수 중에 단연 최고라고 할 수 있는 단천룡보다 강한 자들이 일반 제자 중에 있을 리가 없었다.

최소한 일대제자급인데 일대제자의 수는 각 문파에서도 이 할 이상되지 못했다.

"열 명이 달려들어 한 명을 죽일 수 있다면 좋고, 아니면 부상이라도 입혀야 합니다. 그 정도 각오가 없다면 일방적으로 밀리는 것만이 남아 있겠죠."

"음……."

모용민은 침음성을 터뜨렸다.

단천호의 말에 드디어 사태의 심각성이 가슴에 와 닿았다.

'이 정도의 세력이 지금까지 모습을 드러내지 않았다니.'

숨어 있는 것은 가능하다.

중원은 더없이 넓으니까.

하지만……

이 정도의 힘을 갈무리한 채 지금까지 참아 왔다는 것이 놀라웠다.

인간이란 반드시 힘이 쌓이면 드러내고 싶어진다.

그런데 지금까지 어떻게 참아왔을까?

모용민의 머리에 그 남자의 뒷모습이 떠올랐다.

적임에도 불구하고 경외할 수밖에 없는 자.

혈선.

"종교……"

이들은 무력 단체라기 보다는 종교에 가까웠다.

단천호는 고개를 끄덕였다.

"옳은 지적입니다."

"으음?"

"잘 들으세요. 이들이 정말 무서운 것은 그 강함이 아닙니다. 하나하나가 광신도와 같습니다. 이미 광신도의 무서움은 백련교와의 싸움에서 겪어 보았죠?"

"그래……"

"이들은 그들의 몇 배는 넘는 광신도입니다. 당장 혈선이 명한다면 자신의 배를 가르고 내장을 보는 것을 두려워할 이가 하나도 없을 것입니다. 우리는 그런 광신도를 상대로 싸워야 합니다. 죽음을 두려워하지 않는 절대의 고수들과……."

육문극의 팔에 소름이 돋아났다.

광신도보다 무서운 존재는 없다.

적어도 육문극은 그렇게 생각했다.

그런데 그런 광신도가 절대의 고수라니……. 상상하기도
싫은 상황이었다.

"그들에게 있어서 혈선의 존재는 신 그 이상입니다."

"……."

"명령 체계의 확보가 무엇보다 중요합니다. 각 세력의
수장들은 명령 체계부터 완벽하게 확보하세요."

"알겠습니다."

"관의 협조는 어떻게 되었습니까?"

"아직까지는 성과가 없습니다. 당해 보지 않고는 움직이
지 않을 모양입니다."

"화포가 필요해요. 군의 도움은 한계가 있지만 화기는
반드시 도움이 될 겁니다. 벽력문은 어떻게 됐어요?"

"벽력문의 협조는 얻었습니다. 다수의 진천뢰를 확보할
수 있을 겁니다."

"오독문의 독과 벽력문의 화기를 따로 운용해 주세요."

"예."

"당가가 있었으면 좋았을 것을……."

"없는 것을 바라서 무엇하겠습니까?"

"그렇죠."

단천호는 고개를 끄덕이고는 자리에서 일어났다.

"그럼 최대한 빠르게 준비를 마쳐 주시길 바랍니다."

"천호야."

모용민이 나가려는 단천호를 잡았다.

"예."

"명령 체계를 잡고 나서는 무얼 해야 하느냐? 우린 적들이 어디로 올지도 모르지 않느냐?"

단천호는 무심한 눈으로 모용민을 바라보았다.

"의천맹 총단이 아니라 이곳으로 병력들이 모이고 있는 이유가 뭐겠습니까?"

"그럼?"

"그들은 사천으로 옵니다."

"……알겠다."

단천호는 몸을 돌려 전각을 빠져나갔다.

단천호가 빠져나간 전각에는 기이한 침묵이 감돌았다.

제갈군이 침묵을 깨고 입을 열었다.

"이상의 사항들을 최대한 빠르게 확립해 주시기 바랍니다."

"알겠습니다."

그때 종남의 화무군이 천천히 입을 열었다.

"문상."

"예."

"아직 실감이 나지 않습니다. 우리가 상대해야 할 적들이 그렇게 강대합니까?"

"지금까지의 정보로 파악하자면……."

제갈군은 잠시 말을 끊은 채 한숨을 쉬었다.

"저도 정보를 믿고 싶지 않을 정도입니다. 강호 역사상 가장 강대한 적이 하필이면 우리의 대에 쳐들어오고 있습니다."

"우리가 이길 확률은 얼마나 됩니까?"

"……사실을 원하십니까?"

"……아닙니다."

제갈군은 천천히 입을 열었다.

"과거 마교의 발호 등에서 보더라도 승산없는 싸움을 승리로 이끈 경우는 수도 없이 많습니다. 그러니 너무 실망하지 마시길 바랍니다."

"그렇겠지요."

제갈군은 더는 말하지 못했다.

과거에도 분명 이길 수 없는 전쟁을 승리로 이끈 경우는 많았다.

하지만 이번은…….

이번에는…….

제갈군은 고개를 저었다.

'마지막까지 할 수 있는 모든 것을 다 해 보는 것. 그게 내가 할 일이다. 나머지는……'

제갈군은 단천호가 빠져나간 문을 바라보았다.

'그가 할 일이겠지.'

제갈군이 믿을 수 있는 모든 것이었다.


　　　　　＊　　　　　　　＊　　　　　　　＊


"어이!"

단천호는 뒤를 돌아보았다.

단천룡이 그를 향해 다가오고 있었다.

"편제 짜라고!"

"뭐가 있어야 짜지."

"응?"

"이제 차출 시작됐는데 누가 올 줄 알고 편제를 짜나?"

"그렇네?"

"너 신경이 굉장히 날카로워 보인다?"

"전혀."

"그런 것 같은데?"

"……얼마나 날카로운지 실감하고 싶어서 그러는 거냐?"

"……아니다."

단천호는 가라앉은 눈으로 단천룡을 바라보았다.

"너, 만약에……"

"뭐?"

"아니다."

"말해."

"아니라니까."

"그러다 병 난다. 그냥 이야기해 봐."

단천호는 한숨을 쉬었다.

"내가 도망가라고 하면 갈 거냐?"

"……"

"가족들 다 데리고 먼 데로 도망가라고 하면 갈 거야?"

"상황이 그 정도로 안 좋냐?"

"할 수만 있다면 그렇게 해 버리고 싶을 만큼."

"네가 이렇게 약한 모습 보이는 것도 처음인 것 같네."

"그런가."

단천룡은 물었다.

"그럼 너는 왜 도망가지 않는데?"

"나?"

"그래. 네가 자주 하던 말 아냐? 승산 없는 싸움이라면 어설프게 물고 늘어지지 말고 깔끔하게 도망가라."

"그랬지."

"그럼 니가 제일 먼저 짐 싸야 하는 것 아냐?"

"그럴지도 모르지."

"그런데 왜 도망가지 않는데?"

단천호는 잠시 하늘을 바라보았다.

"중원을 지키고 싶다는 거창한 사명이 너한테 남아 있는 거냐?"

"처음부터 그런 건 없었어."

"지키기 위해 싸운다는 것도 어떻게 생각하면 웃기는 일이지. 서역으로 도망가면 설마 거기까지 쫓아오겠냐? 그냥 도망가 버리면 되잖아. 그런데 왜 이렇게 아득바득 싸우려고 하는 건데?"

단천호는 피식 웃었다.

그러고 보면 이놈은 항상 쓸데없이 날카로운 면이 있었다.

아무도 궁금해하지 않을 일을 혼자 궁금해한다던가.

아무도 묻지 않을 일을 묻는다던가······.

"아직 할 일이 남았어."

"그게 뭔데?"

"······만나는 것."

"······?"

"설명한다고 해서 네가 이해할 수 있는 일이 아냐. 그냥 아직은 풀리지 않은 게 있어서 그래. 그 모든 게 풀리면 바로 도망가 버릴지도 모르는 일이지."

"그렇군."

단천룡은 어깨를 으쓱했다.

"그럼 그때 이야기해라."

"응?"

"도망 갈 때. 나도 같이 도망가게."

단천호는 피식 웃었다.

"알았다."

"잊지 말고."

"그래."

단천룡은 몸을 돌려 다시 회의장으로 들어갔다.

단천호는 그런 단천룡의 뒷모습을 보며 나직한 한숨을 쉬었다.

"도망갈 곳이 있을 리가 없지."

서역의 끝. 세상의 끝으로 도망간다고 해도 그의 마수에서 벗어날 수 있을까?

어쩌면 가능할지 모른다.

그에게 있어서 단천호란 그저 강한 존재. 그 이상도 그 이하도 아닐 것이다.

강하다고 생각해 줄지도 모르겠지만.

하지만……

단천호에게 있어서 혈선은 그게 아니다.

단천호에게 있어서 혈선은……

단천호는 다시 하늘을 바라보았다.

'종착역.'

모든 것의 끝을 볼 시점이 다가왔다.

이제 단천호는 그의 앞에 설 것이다.

그리고……

그동안 참아 왔던 것들을 풀어 놓을 것이다.

82
장
—

단
천
을
한
숨
짓
다

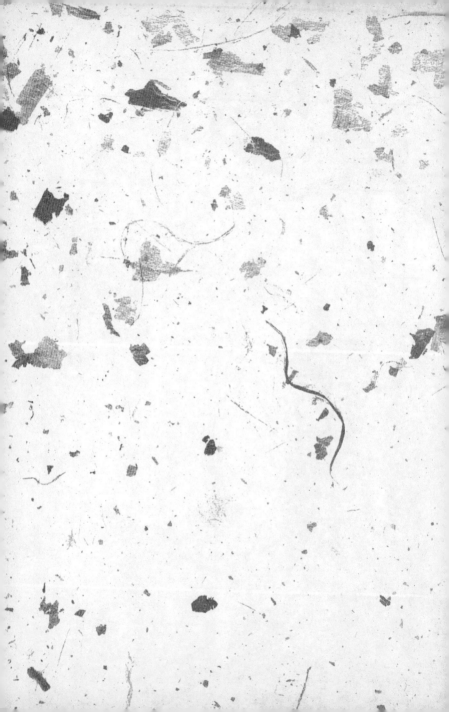

"그러니까……."

손왕은 머리를 움켜잡았다.

"난민촌을 유지하라고?"

"……예."

가렴은 씁쓸한 목소리로 대답했다.

"가렴."

"말씀하십시오."

"지금 난민촌을 하루 유지하기 위해 얼마의 자금이 드는
줄 알고 있나?"

"제가 모르면 누가 알겠습니까?"

"그런데 유지하라고?"

"네……."

"어떻게?"

손왕은 얼이 빠져서 물었다.

"글쎄……."

"유지? 하면 좋지. 그런데 돈이 있어야 뭐 어떻게 해 볼
것 아닌가?"

"일단 지원금이 왔습니다."

"그래? 주군도 돈이 바닥난 거 아닌가? 그런데 어디서
돈이 났데?"

"……."

"왜 그러는가?"

"그게 말입니다."

"말하게."

가렴은 시퍼렇게 변한 얼굴로 입을 열었다.

"녹림에서……."

"응?"

"녹림에서 돈이 오고 있습니다."

"녹림?"

"예."

"산적 말인가?"

"예."

"……."

"······."

가렴과 손왕은 아무 말도 하지 않고 서로를 바라보았다.

먼저 입을 연 것은 손왕이었다.

"크흠. 뭐 어떤가? 어디서 나왔든 돈은 돈이지. 충분한
가?"

"충분하다 못해 남아돌 정도입니다."

"오? 그래? 듣던 중 다행이군! 역시 주군이야!"

"······."

"그런 돈이 녹림에서 나오다니. 산적질이 생각외로 돈이
좀 되는 모양이군?"

"······그게 말입니다."

"······음?"

가렴은 여전히 시퍼렇게 변한 얼굴로 입을 열었다.

"그게 아니옵고."

"말을 해 보게, 이 사람아! 왜 이리 답답하게 구는가?"

"······녹림의 문도들이 산을 내려왔잖습니까?"

"호위하고 있지 않은가?"

"······그게 호위뿐이 아니었던 모양입니다."

"그럼?"

가렴은 부들부들 떨리는 손으로 이마에 흐르는 땀을 닦
아 내었다.

"호위에 합류하지 않은 녹림맹은."

"녹림맹은?"

"……강도짓을 하고 있습니다."

"……."

"……."

둘은 다시금 말을 잃었다.

한참을 말 없이 가렴을 바라보던 손왕이 힘겹게 입을 열었다.

"……강도?"

"그러니까……."

"노상강도?"

"그 정도는 아닙니다."

"그럼?"

"일단 하오문을 턴 모양입니다."

"……."

"게다가 하오문을 털면서 '단천호 공자의 지시다! 죽고 싶지 않으면 있는 돈 다 내놓아라!' 라고 말하고 다닌다는……."

"하오문……."

손왕은 고개를 끄덕였다.

드러난 상계의 왕이 중원전장이었다 암상의 왕은 하오문이니까. 그들이 축적한 자금만 해도 만만치 않을 것이다.

"하오문이라면 그 정도 돈이 있겠지."

"그리고……."

"그리고? 또 있나?"

"염상을……."

"……."

손왕의 손이 천천히 떨리고 있었다.

"염상?"

"예……."

"혹시 내가 아는 그 염상이 맞나?"

"그렇습니다."

"소금 파는 애들?"

"예."

"나라에서 비호해 주는 개들?"

"예……."

손왕은 눈앞이 아찔해졌다.

"여, 염상을 털어서 뒷감당을 어떻게 하려는 건데? 무슨 생각인 거야?"

"그야 저도……."

손왕은 쩍 벌린 입을 다물지 못했다.

하오문이야 그럴 수 있다.

어차피 하오문도 무림 단체, 그들 역시 단천호의 영향력에서 자유롭지는 못할 테니까.

하지만 염상은 다르다.

달라도 너무 다르다.

소금은 국가에서 직접 다루는 물건이다.

염상은 모두 국가에서 허가를 받고 소금을 다루는 상인들이다.

말이 좋아 허가지 실제로는 어마어마한 뇌물을 바치고 관리들의 비호를 받는 족속들이었다.

그런 이들을 건드려서 어쩌겠다는 건가?

"염상…… 빌어먹을 이 일을 어떻게 해야 하는 거지……"

"문제는……"

"문제?"

"염상이 끝이 아니라……"

"그럼? 뭐가 더 있다는 거야?"

"관리들도 털고 있는 모양입니다."

"뭐?"

"각 도시의 관리들의 집에 강도가 들고 있습니다……"

"……"

손왕은 눈앞이 노랗게 변하는 것을 느꼈다.

"설마……"

"예. 생각하신 그대롭니다."

"관리를 털면서?"

"그건 다행히도 아닌 것 같습니다. 거기선 단 공자가 시켰다고 하지 않았다더군요."

"대……"

"예?"

"대체 무슨 짓을 저지르는 거야 이 미친놈이!"

"고정하십시오."

"고정? 고정하게 생겼어? 건드릴 놈들이 따로 있지? 관리를 털어? 뭘 어떻게 할 생각이야?"

"생각이야 있겠죠."

"그래! 있겠지! 빌어먹을 있겠지! 그러니 더 문제지! 생각이 있는 놈이 그 난리를 쳐?"

"방금 전까지 돈 들어온다고 좋아하시던 분은 점주님이십니다!"

"야, 이 자식아! 먹고 탈이 날 게 뻔한 돈인데 그걸 넙쭉받게 생겼냐?"

"받아야 할 것 같습니다."

"뭐?"

"난민이 증가할 거랍니다."

"……"

"훨씬 더."

"그게 무슨 소리야. 마황가는 토벌했잖아."

"……저도 자세히는 모르겠지만. 주군께서 전하시길 이제 시작이라고……"

"……"

"관도 신경 쓰지 못할 정도의 혼란이 올 거라고 하셨습니다."

"대체……"

"할 수 있는 만큼 하고 더 이상 할 수 없을 정도로 위험해지면 도주하라는 명이 떨어졌습니다."

"무슨 일이 벌어지고 있는 거지?"

"저도 잘 모르겠습니다. 다만 하나 알 수 있는 것은."

"말해 보게."

"처음부터 단천호 공자는 이것을 위해서 손왕객잔을 설립한 것 같은 기분이 듭니다."

"음?"

"따지고 보면 그분은 돈이라는 것을 그다지 사용하지 않는 분이시지요."

"그야, 집구석에서 나오는 것 자체를 싫어하는 사람이 무슨 돈 쓸 일이 있나?"

"그런 분이 막대한 자금을 가지고 만족하지 못하고 상회를 만든다는 것 자체가 이상한 일이지요."

"그야 그렇지."

"어쩌면 주군께서는 처음부터 이 모든 것을 예견하고 손왕객잔을 만드신 것이 아닐까요?"

손왕은 한참 동안 생각에 잠긴 듯하더니 입을 열었다.

"아닐 거야."

"예?"

"소 뒷발에 쥐 잡았겠지."

"……."

"그렇게까지 깊이 생각할 사람이 아냐. 그냥 괜찮아 보여서 시작했는데 일이 커졌겠지."

"……그것도 설득력이 있군요."

"뒷일을 생각하고 일 치르는 사람이 아냐……."

"……."

"그게 중요한 건 아니니까. 이제 어떻게 해야 하나……."

"뒷일은 뒷일이죠."

"……."

"우선 중요한 것은 난민촌을 유지하는 일입니다. 어디서 나온 돈이든 난민들에게 밥 한 끼 더 먹일 수 있다면 써야 겠죠."

"그래……."

손왕은 고개를 끄덕였다.

지금은 출처가 중요하지 않았다.

사용할 수 있는 돈이면 사용해야 했다.

"그런데 돈이 그렇게 많이 들어오나?"

"기겁할 만큼 들어옵니다."

"……누가 돈이 그렇게 많았을까?"

"일단 관리들이……."

"썩은 놈들."

손왕은 혀를 찼다.

손왕객잔의 자금을 관리하는 가렴이 기겁할 양이면 엄청난 돈일 것이다.

그런 돈을 모으고 있었다면 뒤로 저지른 부정이 얼마나 많았을지는 안 봐도 뻔했다.

"어찌 보면 통쾌하군."

"어찌 보면 슬픈 일이죠."

"그렇긴 하지만."

손왕은 고개를 끄덕였다.

"일단은 그 자금으로 일을 진행하게. 난민촌도 더 확장하고."

"……확장은 어렵겠습니다."

"왜?"

"이전해야 할지도 모릅니다."

"그런가……."

손왕은 고개를 끄덕였다.

"일단 그 부분은 자네에게 맡기겠네."

"전 지금도 충분히 바쁩니다."

"그럼 내가 하리?"

"……."

"……."

가렴은 한숨을 쉬었다.

"알겠습니다."

"부탁하네."

"예."

가렴은 밖으로 나갔다.

손왕은 깊은 한숨을 내쉬었다.

"천하가……."

도대체 무슨 일이 벌어지고 있는 것인가.


*　　　　*　　　　*


"시작할까?"

남궁의룡.

아니, 파천마는 양손을 들어 올렸다.

그의 뒤에는 혈혼마제가 서 있었다.

"파천마."

"참견은 사양이다."

"내 임무가 그것이다."

"제 멋대로 떠드는군. 자꾸 귀찮게 굴면 네놈의 목부터
따 주겠다."

"혈선께서 허하신다면."

"젠장!"

혈선이라는 이름이 나오자 파천마의 눈에 은은한 두려움이 떠올랐다.

천혈광마로서 인성이 거의 제거된 파천마에게도 혈선의 그림자는 너무도 거대했다.

"말해 봐. 쓸데없는 소리라면 나도 참지 않아."

"혈선께선 빠른 진격을 원하신다."

"개소리하고 있군. 내가 들은 어떤 명에도 빠르게 진격하라는 말은 없었어. 네놈들의 바람에 혈선의 이름을 가져다 붙이지 마."

"……"

혈혼마제는 혀를 찼다.

천혈광마대법으로 만들어진 파천마의 무력은 오제에 필적했다.

하지만 부작용이 너무 극심했다.

"마음대로 해라. 다만 네 행동 하나하나는 모두 혈선께 보고될 것이다."

"너도 명심해. 네 행동 하나하나가 지금 내 속을 긁고 있다는 걸 말이야."

"……"

파천마는 몸을 돌렸다.

그리고 손을 들었다.

"가자, 애들아. 저들에게 혈천의 위대함을 알려 주어라."

"충!"

파천마의 말이 끝나자 붉은 혈의를 입은 혈천의 전사들이 앞으로 돌진했다.

그들의 목적은 하나.

그들의 앞을 막는 모든 것들의 멸절.

단천호의 신속한 지시로 사천의 모든 문파들은 이미 대피한 뒤였지만 단천호로서도 대피시키지 못한 것이 있었다.

바로 관(官)이었다.

쾅!

성도 지부의 정문이 그대로 터져 나갔다.

"누구냐!"

혈천의 전사들은 누구도 입을 열지 않았다.

그저 두 손을 휘둘러 눈앞의 모두를 격살할 뿐이었다.

"이놈들이 여기가 어딘지 알고!"

도휘지사의 격한 목소리가 터져 나왔다.

하지만 상황은 그들이 원하는 대로 풀리지 않았다.

애초에 지방군이 혈천을 감당할 수 있을 리가 없었다.

전문적으로 무공을 익힌 금군이라도 속절없이 당할 텐데 일개 지방군이 감당할 수 있을 리가 없었다.

"피하셔야 합니다!"

"피해? 대명천지에! 이 내가 적당을 피해서 달아나야 한다는 말이냐!"

"그렇지 않으면?"

도지휘사는 바로 뒤에서 들려오는 목소리에 고개를 돌렸다.

그곳에는 붉은 혈의를 입은 미남자가 서 있었다.

"너, 너는 누구냐?"

사내는 미소를 지었다.

사내의 미소는 더없이 매혹적이었다.

"알면 뭐가 달라지나?"

"네, 네놈들이 이러고도 무사할 것이라고 생각하느냐?"

"착각이 심하군."

사내의 손이 도지휘사의 목을 움켜잡았다.

"무사하지 못하는 것들은 바로 네놈들이다. 이제 곧 천하의 모든 곳에 혈천기가 나부끼게 될 것이다. 황궁 역시 마찬가지다."

"커억! 네, 네놈들……."

"시끄럽군."

우득.

도지휘사의 목을 꺾어 버린 남궁의룡은 미소를 지으며 피바다로 변해 가는 성안을 바라보았다.

"이제 시작이군."

혈천기는 이제 나부끼기 시작했을 뿐이다.

이제 곧 천하의 모든 곳이 혈천기의 아래에 들어올 것이다.

"의미없는 일이군."

파천마는 고개를 돌렸다.

"의미가 없다고?"

"이들은 상대할 가치도 없다."

"그럼? 누구를 상대하란 말이지?"

"몰라서 묻는 건가?"

"키킥!"

파천마는 번들거리는 눈빛으로 혈혼마제를 노려보았다.

"이봐. 그 빌어먹을 상대해야 할 나부랭이들을 좀 찾아봐. 도무지 찾을 수가 없어. 지겹다고!"

"그들은 널 기다리고 있다."

"그들?"

"단천호."

"단천호……."

파천마의 눈이 붉게 물들었다.

"단천호오오오오!"

"이곳에서 멀지 않은 곳."

"어디지?"

"삼합(三合)."

"그럼 가야지."

이날.

사천성의 꼭대기에 혈천의 깃발이 걸렸다.

그리고 이것은 시작일 뿐이었다.

                *              *              *

삼합(三合).

단천호는 노을이 낀 하늘을 바라보았다.

천천히 내려앉는 해를 바라보며 단천호는 상념에 빠져들었다.

아마도.

오늘이 마지막이다.

이렇게 여유롭게 하늘을 바라보는 것도.

앞으로 다가올 노을은.

아마 피비린내에 가려 보이지 않겠지.

"무슨 생각을 그렇게 해요?"

단천호는 고개를 돌렸다.

그곳에는 모용가려가 서 있었다.

"한가한 모양이지?"

"저 같은 일개 무인은 할 일이 딱히 없으니까요."

"그렇군."

"굳이 있다면 싸우는 거죠."

"다가올 적과?"

"아뇨. 공포와……."

단천호는 고개를 끄덕였다.

이들 역시 알고 있을 것이다.

앞으로 다가올 싸움이 얼마나 거대한가.

이들 중 대부분은 그 싸움에서 결코 무사하지 못할 것이다.

그러니…….

다가올 죽음에 대한 공포에 맞서야 할 것이다.

"죽는 게 두려운가?"

"두렵죠."

"그렇군."

"오라버니는 두렵지 않나요?"

단천호는 모용가려를 바라보았다.

"두렵다."

"그렇군요."

"죽는 건 두려운 일이지. 하지만 더 두려운 건……."

남겨 두는 것.

하지 못한 일을 남기는 것.

묻지 못한 것을 남기는 것.

마지막 순간까지 후회를 붙들고 쓰러지는 것.

단천호에게는 그것이 더욱 두려웠다.

"더 두려운 건?"

"너한테 할 이야기는 아니군."

"그럼 누구한테 하면 되는데요?"

"글쎄, 혼자 짊어져야 할 일이군."

"흠⋯⋯."

모용가려는 한숨지었다.

"설 언니의 일은."

"음?"

"뭔가 오해가 있었을 거예요."

"글쎄?"

"네?"

"오해라고 할 만한 일이 있을까? 그녀는 제정신이었어. 섭혼을 당한 것도 아니고 그저 나를 적으로 인식한 거겠지."

"어째서요?"

"내가 알 도리가 있나. 그냥 마음이 변했거나 뭐, 그런 것까지 내가 일일이 신경 써야 하나?"

모용가려는 얼굴을 굳혔다.

단천호는 분명 무심한 면이 있다.

하지만 그 무심함은 신경 쓰지 않아야 할 일에 대한 철저한 무관심이었다.

이렇듯 자신의 주변에 벌어진 일에 관심을 두지 않는 일은 결코 없었다.

지금 단천호의 말은 오히려 그 일을 무척이나 신경 쓰고 있다는 반증이었다.

"오라버니."

"알아, 안다고. 어쩔 수 없잖아. 이제 당장 거대한 전투가 벌어질 텐데 그런 일까지 일일이 파고들 수가 없다고."

"……"

단천호는 한숨을 쉬었다.

짜증을 낼 일이 아니었다.

하지만 짜증이 났다.

단순히 설난향의 일이 아니었다.

모든 것이 뭔가 시작부터 틀어진 느낌이었다.

뭔가 잡힐 듯 잡힐 듯 잡히지 않았다.

결코 놓쳐서는 안 될 무언가를 분명히 놓치고 있었다.

'빌어먹을.'

이 찝찝하고 더러운 기분이 사라지지 않았다.

"분위기 좋은데?"

단천호는 고개를 돌렸다.

그곳에는 단천룡이 서 있었다.

"놀랐다."

"뭐가?"

"기절할 만큼 식상한 대사와……."

"응?"

"이 분위기를 좋다고 파악할 수 있는 네 능력에."

"뭐 사랑 싸움은 언제나 벌어지는 거니까?"

"진짜 기절하겠군……."

단천호는 막 단천룡을 쏘아붙이려다 입을 닫았다.

단천룡의 뒤를 따라오고 있는 한 사람을 본 것이다.

"제갈혜?"

"네."

"둘이 같이 다니는 거냐?"

단천룡은 멋쩍게 웃었다.

"뭐 굳이 숨길 일도 아니니까."

"수, 숨길 일이 아냐?"

"그야 뭐."

단천호는 부들부들 떨리는 손으로 단천룡을 가리켰다.

"소, 속도 위반?"

"꺄악!"

"이 미친놈이!"

단천룡의 욕설에도 단천호는 물러서지 않았다.

"오호라! 그날 배 타러 간다고 했을 때부터 뭔가 이상했
었어!"

"아니거든!"

"아니에요!"

단천호는 팔짱을 끼고 고개를 끄덕였다.

"그러고 보니 우리 배에도 원앙금침 깔아놨었는데 거기도 똑같은 일이 벌어졌겠지."

"원앙금침?"

"아닌가?"

"너희 설마?"

"에헤이! 어디서 수작질이야. 화제 전환이 능숙하긴 했지만 아직 그런 데 당할 내가 아니다. 자, 불어 봐 무슨 일이 있었지?"

"아무 일도 없었다니까!"

"하긴, 뭐 그리 부끄러워 할 일도 아니지. 하지만 놀랐다. 그렇게 당당하게 다닐 수 있다는 게. 세상이 많이 변하긴 변했어."

단천룡은 검을 뽑아 들었고 제갈혜가 그런 단천룡을 만류했다.

"그게 아냐! 그냥 이번 일이 끝나고 나면 혼인하기로 했다!"

"그게 그거 아냐?"

"아무 일도 없었다고!"

"진짜?"

"그래!"

"정말?"

"그렇다니까!"

"에이 믿을 걸 믿으라 그래야지."

"이 새끼가?"

단천호는 피식 웃었다.

"그럼 형수님이라 불러야 하는 건가?"

제갈혜는 웃으며 고개를 저었다.

"아직 아니에요."

"어?"

"왜 그러죠?"

"별로 부끄러워 하지 않네?"

"부끄러울 일도 아니죠."

"그런가?"

"네."

단천호는 뒷머리를 긁었다.

"워낙 당당하니까 뭐 할 말이 없네. 그런데 왜 갑자기 그런 결심을 한 거야?"

단천룡은 씁쓸하게 웃었다.

"지금이 아니면 못할지도 모르니까."

"……."

단천호는 단천룡을 바라보았다.

다가올 전투의 무게를 버텨 내야 하는 것은 누구나 마찬가지였다.

"그럼 주모가 새로 생긴 건가?"

"이 병신아, 주모가 아니라 가모(家母)지."

유초와 황귀가 티격태격하며 단천호에게로 다가왔다.

"가모라고 불러야 하는 건가?"

"그게 맞지 인마."

"근데 왜 욕치냐?"

"욕 들어 먹을 일을 하니까 욕을 치지."

"한판 뜰까?"

"해 봐?"

단천호는 한숨을 쉬었다.

저것들도 분명 저러지 않았는데, 이제는 완전 동네 건달이 되어 버렸다.

"좀 닥쳐 줄래?"

"네."

"알겠습니다."

유초와 황귀는 즉시 입을 다물었다.

단천호는 한숨을 쉬었다.

말은 잘 들으니 구실 잡아 팰 것도 없고.

눈치는 더럽게 빨라져서는…….

"그런 일이 있었으면 나한테 먼저 말해야 하는 것 아니냐?"

"아버님."

단무성의 등장에 단천룡은 화들짝 놀랐다.

"어, 어서 오세요."

"그래, 그래. 편히 있거라. 이제 새애기라고 불러야 하나?"

"아버님!"

단천호는 한숨을 쉬었다.

"내일 큰 일이 있을 건데 다들 긴장감이라곤 눈을 씻고 찾아보려고 해도 찾아볼 수가 없네요."

"긴장은 긴장이고 할 일은 해야지."

"카악! 이 중요한 시기에 새애기가 어쩌고 해야겠습니까?"

"시기가 달라지면 호칭도 달라지냐?"

"그런 말이 아니잖습니까!"

"난 그런 말로 들리는데?"

"……됐습니다."

"그럼 이제 사돈어른이라 불러야 하겠군요."

제갈군의 등장에 단무성이 반색했다.

"그렇게 되었군요."

"시절이 참 많이 변했습니다. 우리 때는 상상도 할 수 없던 일이었는데 말이지요."

"난세에는 어쩔 수 없는 노릇 아니겠습니까? 탓할 일이 아니지요."

"탓할 마음은 없습니다만……."

제갈군이 제갈혜를 바라보았다.

제갈혜는 제갈군의 눈을 마주 보지 못하고 고개를 숙였다.

"세상에는 절차라는 게 있는 법이지요."

단천호는 손을 휘휘 저었다.

"아, 좀. 설교는 나중에 합시다."

"……그러겠습니다."

"애들끼리 잘해 본다는 데 왜 초를 칩니까, 초를 치기는!"

"그 애들이 너보다 다 나이가 많습니다만?"

"넌 시끄러."

"망할 놈."

단천룡의 공격은 단숨에 격침되었다.

"이젠 네가 우리 가려와 어떻게 잘해 볼 일만 남은 거 아니냐?"

모용민이 껄껄 웃으며 다가왔다.

"그럴 일 없네요."

"혹시 아냐?"

"없다니까요."

"이놈이!"

"한판 떠요?"

"한판 뜨면 가려랑 혼인하는 거냐?"

"영감님."

"응?"

"혹시 전에 까마귀 고기를 삶아서 드신 적이 있나요?"

"그런 건 먹어 본 적 없는 것 같은데?"

"아니에요. 잘 생각해 보세요, 있을 거예요. 그렇지 않고
서는 고개 한 번 돌릴 시간만 지나면 전에 있었던 말을 까
먹고 똑같은 소리를 하지 않을 거예요. 영감님이 노망 든
게 아니라면 분명 드신 적이 있으실 거예요."

"안타깝게도 그런 적이 없구나. 네가 혼인한다면 내가
있었다고 인정하마."

"카악! 이 영감님이!"

"전 반댑니다!"

단천호와 모용민의 고개가 동시에 돌아갔다.

"아저씨?"

"자, 장천이 네 이놈……."

그곳에는 모용장천이 비장한 얼굴로 서 있었다.

"저는 절대로 저놈에게 가려를 줄 수 없습니다."

"아저씨도 옳은 소리 할 때가 있네요."

"네, 네놈!"

모용민이 이를 갈았다.

"그럼 누구에게 준단 말이냐."

"누구? 누구라니요! 누가 우리 가려를 데려간단 말입니까! 전 절대로 그럴 수 없습니다! 천하에 어떤 놈에게도 주지 않을 겁니다."

모용민은 무심한 얼굴로 입을 열었다.

"천세야."

"예! 아버님 여기 있습니다."

"처리해라."

"예!"

모용천세가 빛살처럼 날아들어 모용장천의 뒷목을 잡아챘다.

"따라와라!"

"으아아아! 아버님! 왜 이러십니까! 아버님! 어헝! 가려야! 가려야! 이 아비를 도와다오! 가려야! 가려야! 왜 고개를 돌리느냐! 가려야~"

그렇게 모용장천의 난은 진압되었다.

단천호는 웃고 말았다.

어느새 주변이 사람들로 가득했다.

지금도 속속들이 모여들고 있었다.

알고 있다.

모두 불안하다는 것을.

앞으로 다가올 전투가 두려운 것이다.

그렇기에 지금은 잊고 싶은 것이리라.

시시껄렁한 농담이라도 하면서 공포를 이겨 내려는 것이다.

단천호는 눈을 감았다.

적어도 이들과 함께 죽을 것이다.

그러니까 두려울 것은 없었다.

누구도 슬퍼해 줄 일 없이 죽었던 과거에 비하면 몇 배는 나은 죽음이니까.

적어도.

다시 살았던 삶에 후회는 없을 테니까.

"누가 술 좀 내와요."

단천룡은 멍한 얼굴로 단천호를 바라보았다.

"술이 어딨냐?"

"응?"

"너 싸우러 가면서 술 챙기냐?"

"나야 뭐……."

"넌 그런 줄 모르겠지만 여기 술 챙기는 사람 없거든?"

"그럼 사 오면 되지."

"어디서?"

"객잔."

"다 대피한 지가 언젠데."

"……."

"얘가 가면 갈수록 멍청해지는 것 같아서 큰일이네."

"……너는 가면 갈수록 간댕이가 부어 터져 나가는 것 같다?"

"꼭 말로 안 되면 말이 험해지더라."

"이……."

그때 제갈군이 입을 열었다.

"알겠습니다."

"응?"

"에?"

단천룡과 단천호의 고개가 동시에 제갈군에게로 향했다.

"무슨 소리십니까?"

"설마?"

"이럴 줄 알고 술을 준비해 왔습니다."

"……."

"저 귀신……."

단천호는 할 말을 잃어버렸다.

이제는 제갈군이라는 남자가 두려워질 지경이었다.

"이럴 줄 알고?"

"혹시 주군께서 술을 찾으실지도 모르니까요."

"……혹시 모를 일을 대비한 겁니까?"

"그게 제가 할 일이니까요."

"……얼마나?"

"모두가 마실 양은 됩니다."

"……."

단천호는 몸을 부르르 떨었다.

"내가 이번 일만 끝나면 절대로 제갈 씨랑은 상종을 하지 않겠어."

턱.

단천룡이 싱긋이 웃으며 단천호의 어깨에 손을 올렸다.

"응?"

단천룡은 고개를 저었다.

"무리다."

"응?"

단천룡이 가르킨 손끝에는 제갈혜가 서 있었다.

"……미치겠군."

"그러려니 해라."

단천호는 울고 싶어졌다.

"그런데 말이다."

"응."

"너, 너희 어머니한테 허락은 맡았냐?"

"……아니."

"큭큭큭큭. 그렇단 말이지?"

"뭘 생각하는 거냐?"

"아냐, 아냐. 그냥 재밌는 생각이 나서 말이다."

"뭐?"

"똑똑한 며느리는 좋지. 그런데 과도하게 똑똑한 며느리는 피곤하단 말이야."

"……너 이놈이……."

단무성이 피식 웃었다.

"괜찮다. 내가 허락하마."

"아부지가 허락한다고 하면 어머니들이 이해해 줄 거라고 생각하십니까?"

"뭣이?"

"아버님이 허락한다고 뭐가 되나요……."

"처, 천룡아! 너마저!"

추락하는 가장의 위상을 보여 주는 슬픈 시대의 자화상이었다.

단천호는 어깨를 으쓱했다.

"뭐 여하튼 새 가족이 들어온 날이군."

"아직 아니라니까!"

"아니, 그거 말고?"

"응, 그럼?"

단천호는 슬쩍 제갈혜의 배를 바라보았다.

"혹시 알아?"

"죽여 버리겠다!"

단천룡의 검이 단천호에게 날아들었다. 단천호는 단천룡

의 검을 슬쩍 피하면서 제갈군에게 말을 걸었다.

"술은요?"

"지금 도착했습니다."

"그럼 뭐해요, 빨리 돌리지 않고?"

"알겠습니다."

즉석에서 술자리가 벌어졌다.

술자리가 벌어지자 모두들 밖으로 나와 단천호의 자리를 중심으로 크게 둘러앉았다.

"잘도 이만 한 사람이 먹을 술을 준비했네요."

"사실 전투 전에 술을 준비하는 것은 흔한 일이죠."

"그런가요?"

"특히 위험한 전투일수록 말입니다."

"……"

단천호는 하늘을 바라보았다.

달이 떠 있었다.

항상 보는 달인데 오늘은 이상한 기분이 들었다.

"예쁘군."

"그렇군요."

단천호를 바라보며 제갈군이 입을 열었다.

"한 말씀하시죠?"

"네?"

"지금은 그럴 때입니다."

"육문극한테 하라고 해요."

"무게감이 다릅니다."

"내가 해야 되요?"

"아시잖습니까?"

"간지러운데."

"이해합니다."

단천호는 천천히 자리에서 일어났다.

"흠흠."

단천호의 헛기침에 모두가 단천호를 바라보았다.

마치 기다렸다는 듯이 모두가 침묵했다.

"왜 이래요, 사람 긴장되게."

커다란 웃음이 터져 나왔다.

단천호는 피식 웃고는 입을 열었다.

"뭐 이제 와 무슨 말하기도 낯간지럽지만……."

단천호는 뒷머리를 긁었다.

"여기에는 나를 좋아하는 이도 있을 거고 나를 싫어하는 이도 있을 겁니다."

"……."

"알아요. 싫어하는 사람이 훨씬 많다는 것. 그러니까 그만 좀 노려보세요."

다시금 커다란 웃음이 터져 나왔다.

단천호는 한숨을 쉬고는 말을 이었다.

"얼마 전까지 우리는 서로에게 칼을 겨눴어요."

단천호는 화무군을 바라보았다.

"그러니 원한도 남았겠죠."

화무군은 희미한 미소를 머금었다.

"원한을 잊어라, 우리는 하나다라는 틀에 박히고 말도 안 되는 소리는 안 합니다. 원한이 그렇게 쉽게 잊혀지면 그걸 원한이라고 하지도 않겠죠. 분노도 한도 가지고 계세요."

뜻밖에 말이었다.

"우리가 싸워야 할 이유는 원한을 가지고 서로를 미워할 수 있는 자유를 지키기 위해서입니다."

"……"

"누군가를 미워하고 누군가를 증오할 수 있는 것도 살아 있어야 할 수 있는 일이죠. 나를 미워해도 됩니다. 대신 잊지 마세요. 이번에 지고 나면 누구를 미워할 수조차 없을 겁니다. 단천호를 욕하려면 살아 있어야 하니까요."

무거운 말이었다.

다시 말하면 패배하고 나면 누구도 살아 있지 못할 거라는 말이었으니까.

"사람마다 품고 있는 강호는 달라요. 누구에게는 입신양명을 위한 것이고, 누군가에게는 삶이겠죠. 하지만 하나의 공통점이 있다면."

단천호는 잠시 뜸을 들이고 말을 이었다.

"우리 모두는 강호인이라는 겁니다."

단천호의 말에 모두가 고개를 끄덕였다.

그것만은 분명했다.

"나 역시 때로는 강호인이란 게 후회가 돼요. 이딴 집안에서 태어나지 않았으면 지금쯤 과거 치르고 입신양명해서 잘 먹고 잘살고 있을지도 모르죠."

"천자문도 못 뗀 놈이!"

단무성의 말에 웃음이 터져 나왔다.

"네, 사람들 앞에서 자식 망신시키셔서 좋으시겠습니다. 아버지, 보셨죠? 제가 왜 이딴 집안이라고 했는지 이해가 가시죠?"

"나도 너 같은 놈이 태어날 줄 몰랐다."

"고맙습니다, 아버님. 아주 고마워서 눈물이 다 나겠네요."

뭔가 더 말하려는 단무성을 단천룡이 필사적으로 만류했다.

집안 망신도 이런 망신이 없었다.

"아니면 농사 짓고 잘살고 있을지도 모르죠. 평생 피 안 보고 살았을지도 몰라요. 그래도 어쩌겠어요. 태어난 게 여기고 배운 게 이건데. 아마 우리는 평생 강호를 벗어날 수 없을 겁니다."

"……."

"그럼 어쩌겠어요. 살아야지. 강호에서 살아가는 게 남아 있는 유일한 방법이라면 강호에서 살아야죠. 지금이라도 떠날 분은 떠나는 게 옳아요. 그럴 수 없는 건 여러분이, 그리고 제가 강호인이기 때문이죠."

단천호의 말은 횡설수설과 다름없었지만 오히려 그래서 더욱 사람들의 마음을 파고들었다.

"난 여기가 빌어먹도록 싫어요. 잘 이야기하고 놀던 사람이 어느날 시체가 돼서 돌아오거든요. 지긋지긋할 때가 한두 번이 아니에요. 그런데도 떠날 수가 없죠. 피가 좋아서? 힘을 쓸 수 있어서? 아뇨. 태어나서 자란 곳이 이곳이니까. 내 모든 게 여기에 있거든요. 강호를 떠나려면 모든 걸 떼어내야 해요. 하지만 사람은 그럴 수 없어요."

"……."

"강호가 사라진다는 건, 내 모든 게 사라진다는 겁니다. 나를 아는 사람들, 내가 아는 사람들, 날 좋아하는 사람들, 날 싫어하는 사람들, 내가 살던 곳, 그리고 내가 살아갈 곳……."

단천룡은 눈을 감았다.

강호에서 태어나 강호를 살아온 그에게 강호를 떠난다는 것은 모든 삶과의 단절을 의미했다.

그렇기에 모두가 강호를 떠나고 싶어하면서 떠날 수 없

는 것이리라.

사람이란 관계를 끊고 살아갈 수 없으니까.

"지금이라도 떠나면 빌어먹을 싸움에 휘말리지 않아도
되고 좋겠죠. 그런데 그게 쉽지 않네요. 그럼 어쩌겠어요?
싸워야지."

"……."

"강호가 무너진다는 건 다시 말하면 내가 살아온 삶이
무너진다는 것과도 같아요. 난 그 꼴을 볼 수가 없네요."

모두가 단천호를 바라보았다.

단천호는 그들의 시선을 받으며 웃었다.

"떠날 수 없다면, 끊어 낼 수 없다면 지켜야죠. 당신들의
삶을. 그리고 내 삶을."

단천호는 고개를 끄덕였다.

"마지막으로 당부할게요. 사세요. 죽은 자는 아무것도 이
어 나가지 못하니까. 사는 걸 목표로 하세요. 그리고 언젠
가 다시 한 번 같이 마셔요, 오늘처럼."

단천호는 자리에 앉았다.

짝짝짝.

제갈군이 박수를 쳤다.

그러자 주위에서 우레와 같은 박수 소리가 터져 나왔다.

단천호는 자리에 앉아 술잔을 비웠다.

"말 잘하는데?"

단천룡의 웃음에 단천호는 술잔을 날리는 것으로 대답했다.

제갈군이 자리에서 일어났다.

"자, 모두 마십시다!"

"오!"

다가올 전투를 대비하는 자리.

자리는 이상하도록 즐거웠다.

모두가 들떠 있는 것 같았다.

단천호는 말없이 술잔을 기울였다.

한 잔 술에 시름을 잊는다.

이해하지 못할 말이었는데 오늘만큼은 이해할 수 있을 것 같았다.

하늘에 뜬 달이 단천호를 내려다보고 있었다.

83
장
—

단
천
호
지
휘
하
다

"굳이 여길 선택한 이유가 있나?"

"도망가기 좋아서."

단천룡은 한숨을 쉬었다.

"굳이 이런 상황에서까지 그런 장난을 쳐야겠나?"

단천호는 빤히 단천룡을 바라보았다.

"……진짜?"

"내가 지금 너랑 농담 따먹기 하게 생겼나?"

단천호의 말에 단천룡은 입을 다물었다.

도망가기 좋아서라니.

그런 말을 태연하게 입에 담을 수 있는 것은 단천호뿐일 거다.

"아니, 싸우기도 전에 도망칠 생각부터 한다고?"

"그게 왜?"

"왜냐고 묻는 거냐? 일단 전투를 하기로 한 이상 승리부터 생각해야지."

"그건 네가 생각해. 난 도망갈 생각할 테니까."

"야!"

단천호는 한숨을 쉬었다.

"지금 너랑 티격태격하고 싶은 생각없다. 병법의 최고봉은 삼십육계인 법이지. 모르냐?"

"그건 싸우다가 상황이 안 좋아지면 생각해야 할 일이지."

"걱정마. 안 좋아질 거야."

"……."

단천룡은 입을 다물었다.

단천호는 무심한 얼굴로 말을 이었다.

"무조건 안 좋아진다. 좋아질 수가 없어. 양 떼가 늑대떼를 향해 돌진하는 거랑 같으니까."

"양도 은근 센데……."

"시끄럽다."

단천룡은 슬쩍 고개를 돌렸다.

"그런데 말이다."

"왜."

"여기가 도망가기가 좋다고?"

"응."

"……여긴 평원이잖아."

"그렇지."

"이렇게 확 트인 곳이 도망가기가 좋다고?"

"당연한 거 아냐?"

"아니, 그래도 일반적으로는……."

단천호는 피식 웃었다.

"일반적인 퇴로를 찾는 거냐?"

"음."

"일반적인 퇴로로 우리가 저들보다 빨리 움직일 수 있을 것 같냐?"

"……."

"아주 간단하게 설명해 주마. 사방으로 나뉘어서 퇴각하면 쫓아오는 쪽은 죽어도 남은 놈들은 살 거다."

단천룡의 얼굴이 굳었다.

"그게 퇴각이냐?"

"퇴각이 뭔데?"

"그야 물러나는 것."

"그럼 정의를 다시 해 주마. 도주다. 도망가는 거지."

"……."

단천룡은 할 말을 잊어버렸다.

전투에 들어가기 전 도주부터 생각한단 말인가?

"도주라고?"

"야, 내가 말 안 했어? 유격전이 기본이라니까?"

"아니, 유격전이란 건 보통 매복과 기습을 주로 하는……."

"따진다 또."

"야! 이걸 따진다고 하면 안 되지?"

"네 고정관념이 문제야. 유격전이 그런 거라는 고정관념을 버려."

"그건 고정관념이 아니라……."

"카악!"

"됐다. 말을 말자."

단천룡은 포기했다.

이놈에게 더 이상 무슨 말을 하겠는가?

하지만 단천호는 설명을 그만둘 생각이 없어 보였다.

"그럼 뭐라고 말할까. 우르르 달려들었다가 다들 사방으로 흩어져서 도망가는 전투의 양상을 뭐라고 정의 내려야겠냐?"

"……."

단천룡은 이해했다.

그런 전투는 역사상 어디에도 없을 것이다.

결과적으로 그런 현상이 나온 적은 있었을지 모르지만

그걸 노리고 시작한 전투 따위는 애초에 존재하지 않았을 것이다.

"참 별짓을 다 하게 되는군."

"더한 짓도 하게 될 거다. 장담하건대 앞으로의 전투는 지금까지의 전투와는 차원이 다른 전투가 될 거야."

"……"

단천룡의 얼굴이 굳었다.

별것 아닌 듯 말했지만 단천호의 목소리에는 분명 긴장과 초조가 묻어 있었다.

수많은 전투를 함께했기에 알 수 있었다.

단천호는 지금 분명 긴장하고 있는 것이다.

과거 육문극과 화산에 둘러싸였을 때도 단천호가 이렇게까지 긴장하지는 않았다.

그 절체절명의 상황에서도 여유를 보여 주었던 단천호였다.

그런 단천호가 긴장하고 있다.

전방에서 눈을 떼지도 못할 만큼 긴장하고 있다.

단천룡은 드디어 실감할 수 있었다.

앞으로 다가올 전투는 지금까지와의 전투와는 다를 것이다.

"온다."

단천호의 목소리에 단천룡은 전방을 바라보았다.

"안 보이는데."

"눈으로 보일 거리가 아냐."

"알려야 하는 거 아냐?"

"왜?"

"적이 오고 있잖아?"

"조금 있으면 눈에 보일 거고 그럼 다들 알게 되겠지."

"그럼 매복하는 의미가 없잖아."

단천호는 웃고 말았다.

"매복?"

"그래. 매복."

"넌 이게 매복이라 생각하냐?"

"그럼?"

"평원에서 하는 매복도 있냐?"

"그래도 갈대가 있으니까."

"적이 알고 있는 매복도 있냐?"

"……알고 있다고?"

단천호의 말에 단천룡은 눈을 크게 떴다.

"첩자가 있다는 거야?"

"있겠지. 그런데 그런 것과는 상관이 없어."

"상관이 없다고?"

단천호는 한숨을 쉬었다.

이런 것 하나하나 설명해야 하는 처지가 고달픈 모양이

었다.

"내가 적이 오는 것을 알았잖아."

"그렇지."

"그럼 저들도 우리가 여기 있다는 것을 알 거 아냐."

"……."

단천룡의 얼굴이 더없이 딱딱해졌다.

단천호의 말이 의미하는 것은 하나였다.

적들의 무공 수위가 결코 단천호에게 뒤지지 않는다는

것.

은연중에 단천룡이 가지고 있던 믿음이 깨어지는 순간이

었다.

"내가 어떻게든 해 줄 거라고 생각했나?"

"……."

"꿈 깨. 저놈들은 그렇게 만만하지 않아. 게다가……."

"게다가?"

"아냐. 일단 전방에 집중해."

단천호는 말하지 않았다.

굳이 할 필요없는 이야기였다.

혹시라도 적들 중 혈선이 있다면…….

단천호의 존재 따위는 있으나마나 하다는 것을.

단천호는 눈을 빛냈다.

그의 눈에 천천히 그들의 모습이 들어왔다.

가장 앞에 나부끼는 거대한 붉은 깃발.

아수라의 형상이 새겨진 핏빛의 깃발.

'혈천기.'

한때는 저 깃발의 아래에 모든 것을 걸었던 시절도 있었다.

하지만 이제는 그 반대에 서서 싸운다.

나부끼는 깃발 아래에 정렬한 혈천의 전사들이 결코 빠르지 않은 걸음으로 천천히 걸어왔다.

마인이라고는 하나 마황가의 잡졸들과는 비교조차 할 수 없는 위압감.

단천호가 인정한 진정한 마인들의 위용이었다.

단천호의 가슴이 떨려 왔다.

두려움이 아니다.

흥분과 환희.

가장 겪고 싶지 않았던 상황을 맞이하게 되었음에도 단천호는 이 순간 환희를 느끼고 있었다.

그 역시 마인.

강대한 적을 보고 기쁨을 느끼는 순수한 마인이다.

"음."

단천호는 눈을 감았다.

지금은 이 마음을 접어야 한다.

그는 과거처럼 등 뒤를 누군가에게 맡기고 앞으로 전진

하는 입장이 아니었다.

이제는 그가 다른이들의 뒤를 지켜보아야 하는 입장이
된 것이다.

그러니 지금은······.

"······."

단천호의 눈이 커졌다.

"뭐······?"

단천호는 말 없이 전방을 가만히 바라보고 있었다.

"왜 그래?"

단천룡이 단천호의 변화를 보고 놀라 물었다.

단천호는 얼굴을 굳히고 자리에서 일어났다.

"천호야."

"따라와라."

"뭐?"

"잔 말 말고 따라와."

"음."

단천호는 앞으로 걸어 나갔다.

단천룡은 당황한 얼굴로 단천호를 따라 나섰다.

원래의 계획은 이게 아니었다.

단천호가 지시하면 구파를 위시한 문파들이 순차적으로
그들을 향해 달려드는 것이 원래의 계획이었다.

그런데 왜 갑자기 이런 행동을 하는 것일까?

단천호는 천천히 걸어서 혈천의 무리들 앞에 섰다.

자연스레 혈천의 진군이 멈추어졌다.

단천호는 수많은 혈천의 전사들을 앞에 두고 당당히 섰다.

펄럭이는 혈천기 아래에 선 파천마의 입가에 기이한 미소가 걸렸다.

"오랜만이군?"

단천호는 파천마를 가만히 바라보았다.

"정말 오랜만의 재회야, 단천호. 날 기억하나?"

"남궁의룡."

"큭큭큭. 그래, 기억하고 있었어. 날 기억하고 있었어."

"네가 선택한 길이 그건가?"

"기억해야지. 그래 너는 날 기억해야지! 내가 네놈을 꺾기 위해 얼마나 지옥 같은 시간들을 견뎌 냈는데! 네놈만은 날 기억해야지! 단천호오오오!"

단천호는 파천마에게서 시선을 뗐다.

말이 통하지 않는다.

이미 인성을 거의 상실한 것 같았다.

이런 이가 이런 대부대를 통솔할 리가 없었다.

단천호의 눈에 한 사내가 들어왔다.

"혈혼마제."

"오?"

혈혼마제는 고개를 갸웃거리며 단천호를 바라보았다.

"잔혼마제의 말이 사실이었군. 나를 알고 있나?"

단천호는 웃었다.

"모를 리가 없지."

"이상하군."

"이상할 것 없어. 너도 나를 알고 있잖아?"

"이상하군. 이상해."

혈혼마제는 도통 이해할 수 없다는 듯 단천호를 바라보았다.

하지만 단천호는 혈혼마제의 의문에 대답을 해 줄 생각이 없었다.

"잔혼마제는 어디 있나?"

"그게 왜 궁금하지?"

"아니, 다시 묻지."

단천호는 나직하게 한숨을 쉬고 다시 입을 열었다.

"다른 놈들은 대체 어디 갔지?"

"다른 놈들?"

"왜 이것밖에 없냐는 말이다!"

단천호의 고함에 정적이 내려앉았다.

파천마는 이글거리는 눈으로 단천호를 노려보고 있었고 혈혼마제는 기이한 미소를 머금고 단천호를 바라보았다.

"거기까지 알고 있나?"

"대답해라."

단천호의 얼굴은 더없이 굳어 있었다.

과거 단천호는 일천의 혈천문도를 대동하고 사천으로 진격했다.

하지만 지금 단천호의 눈에 보이는 자들은 불과 오백.

반수에 불과했다.

시기가 다르니 과거와는 다를 것이라 예상했다.

하지만…….

시기가 달라진다고 해도 수가 반이나 줄어든다는 것은 불가능에 가까운 일이었다.

과거 단천호가 혈천에 몸담기 전에 이미 혈천의 문도는 천을 넘었다.

"뭘 묻는 건가?"

혈혼마제는 나직한 웃음을 흘렸다.

"그렇게 잘 알고 있는 이가 왜 더 이상은 생각해 보지 않는 거지?"

"어디냐?"

"글쎄 어딜까?"

"남은 놈들은 어디로 갔나!"

단천호의 말에 혈혼마제는 커다란 광소를 터뜨렸다.

"단천호. 단천호. 이 어리석은 자여. 그것이 중요한가? 당장 눈앞의 우리도 감당하지 못할 네게 그런 것이 중요하난 말이다."

단천호는 대답하지 않았다.

이곳에는 절반의 혈천만이 있었다.

단천호는 혈천을 상대하기 위해 전중원과 새외의 힘까지 바로 이곳에 집결했다.

소수의 혈천만 빠져나간다고 해도…….

지금 중원에는 그들을 막을 힘이 없었다.

그런데 절반이라니.

그 절반이 대체 어디로 향했단 말인가?

"궁금하다면 알려 주지. 지옥으로 갈 네게 마지막 선물로 말이야. 혈선께서는 명하셨다. 중원을 발아래 두라고. 중원을 지배하는 것은 너희 무인들 그리고……."

단천호의 입에서 신음성이 튀어나왔다.

"……황궁."

"잘 알고 있군."

단천호는 침음성을 삼켰다.

상상도 못했던 일이다.

현실이 틀어지고 있음을 알았지만 혈천만은 바뀌지 않을 줄 알았다.

왜 몰랐던가.

설난향의 존재 자체가 혈선이 바뀌고 있음을 증명하는 것인데.

"후."

단천호는 어깨를 폈다.

"그나마 다행인가."

"다행이라고?"

"황궁이라면 나름 저항도 하겠지."

"그런 미미한 저항이 도움이 된다는 말이냐? 혈천의 힘을 너무도 얕보고 있군."

"뭐. 사실 막아 낼 거라고 생각하지는 않지만."

단천호는 어깨를 으쓱했다.

"황제가 죽든 말든 나랑은 별 상관없거든."

"……"

남들이 들으면 기겁할 말을 잘도 해 대는 단천호였다.

"그동안 부귀영화 누리고 잘 살았으면 마지막 가는 길에는 화살받이라도 해서 시간 벌어 주는 역할이라도 해야지."

"재밌는 놈이군."

단천호는 미소 지었다.

하지만 속은 편하지 않았다.

황제의 죽음.

그건 결코 작은 일이 아니었다.

중원의 중심은 황제다.

그리고 황궁이다.

황궁의 멸망은 중원 전체에 걷잡을 수 없는 혼란을 가져오게 될 것이다.

역
천
도

"뭐 어차피 혼란은 온다."

단천호는 자신을 다잡았다.

이미 이렇게 되어 버린 이상 할 일은 하나였다.

"그럼 여기는 절반의 혈천밖에 없다는 말이군."

단천호의 입가에 미소가 짙어졌다.

"그럼 적어도 승산이 몇 배는 늘겠군."

혈혼마제는 담담하게 단천호의 말을 받았다.

"승산이라……."

혈혼마제는 양팔을 쫙 펼쳤다.

"너 역시 알고 있지 않나?"

"……."

"너 정도 되는 이가 느끼지 못할 리가 없지, 이 확연한 전력 차를."

단천호는 웃었다.

"그래서?"

"……."

"그래서 뭘 어쩌라는 거냐?"

"……."

"무릎 꿇고 빌기라도 해 줄까?"

"놈!"

"아니면 중원을 바치고 살려 달라고 해 볼까? 그래야 하나, 혈혼마제?"

"……."

"저항해도 달라지는 게 없을 수는 있겠지. 그래도 저항하지 않는 것보다는 나아. 적어도 바뀔 가능성이 조금이라도 생길 테니까. 안 그래?"

"말이 길었군."

"그렇지."

혈혼마제는 단천호를 노려보았다.

단천호는 움직이지 않았다.

이제 시작이다.

단천호는 입을 열었다.

"구파 준비."

단천호의 말이 떨어지자 단천호의 뒤에서 제갈군이 움직이기 시작했다.

"계획대로 갑니다."

"충."

단천호의 말이 떨어지자 제갈군은 양손에 든 수기를 꽉 움켜잡았다.

이 정도 다수가 모이게 되면 전음은 무용지물이 된다.

이 많은 이들 중 원하는 특정인에게만 전음을 날리는 것 자체가 거의 불가능하기 때문이다.

그렇기에 육합전성과 같은 무공이 개발된 것이지만 육합전성은 적과 아군 모두에게 들린다는 단점이 있었다.

결국 그렇다면 마지막에 남는 것은 가장 원시적인 방법이었다.

"준비!"

단천호의 눈이 혈천기의 아래에 있는 한 남자에게 꼽혔다.

남궁의룡.

아니, 이제 파천마라 불러야 할 자.

그가 과거 단천호가 있었던 자리에 서 있다.

단천호의 피가 거꾸로 끓어오르기 시작했다.

그곳은 나의 자리다.

내가 버린 곳이라고 해도.

너 따위가 차지하고 있는 것은 용납할 수 없다.

"공격!"

단천호의 말과 동시에 수기가 힘차게 허공으로 펄럭였다.

그와 동시에 제갈군이 재빠르게 이동했다.

무인과 군인의 가장 다른 점은 가공할 기동성이다.

군과 군의 싸움이라면 후방의 수기는 안전하다. 수기가 펄럭이는 것을 본다고 해도 그곳을 타격할 방법이 없기 때문이다.

하지만 무인의 경우 경공을 통해 먼거리를 단숨에 좁힐 수 있기 때문에 수기가 직접적인 위험에 처할 수 있다.

그렇기에 한 번 지시를 내려서 위치가 노출되었다면 빠르게 이동하여 적의 위협 아래에서 벗어나야 하는 것이다.

제갈군이 물러남과 동시에 육문극이 몸을 일으켰다.

"가자!"

육문극의 외침에 구파의 제자들이 몸을 일으켰다.

이천에 달하는 명문거파의 제자들이 일시에 병장기를 뽑아 드는 모습은 그야말로 장관이었다.

단천호의 등 뒤에서 이천에 달하는 구파의 제자들이 일시에 달려들기 시작했다.

선두에 선 육문극이 단천호의 등을 향해 돌진했다.

그리고 육문극은 단천호를 뛰어넘어 혈천을 향해 돌진해 들어갔다.

"천호야!"

단천룡이 다급한 목소리로 단천호를 불렀다.

단천호는 대꾸하지 않고 전방을 바라보았다.

육문극의 검이 파천마를 향해 내려쳐졌다.

"남궁의룡!"

"오오. 맹주 나리. 이거 오랜만이외다?"

"아버지를 죽인 패륜아! 내 손으로 너를 벌하겠다!"

"가능하다면 말이지? 응? 크하하하하하핫!"

남궁의룡과 육문극이 충돌하자 육문극의 등 뒤를 따르던 구파의 정예들이 일시에 혈천을 향해 쇄도해 들어갔다.

아미의 혜정 신니.

무당의 청진자.

단천호와는 악연의 연속이었던 그들이 선두에 서서 구파를 지휘했다.

단천호의 배치는 아주 간단했다.

무공이 강한 순.

가장 고수가 가장 앞을 막는다.

어설픈 수는 통하지 않을 것이다. 힘과 수로 밀어붙인다.

검기와 검강.

권풍과 권강.

수많은 기의 폭풍이 혈천의 전사들의 머리 위로 떨어져 내렸다.

단천호는 무감각한 눈으로 그 광경을 지켜보았다.

"제갈군!"

단천호의 목소리가 다시 울려 퍼지자 제갈군이 다시 수기를 흔들었다.

"아미타불!"

그와 동시에 새외의 세력들이 몸을 일으켰다.

"가십시다!"

대승정의 목소리는 나직했으나 내공이 실려 있어 널리 울려 퍼졌다.

"가자!"

북해빙궁주 냉가위(冷可謂)가 대승정의 뒤를 받쳤다.

그리고 남만야수궁의 궁주 맹조 역시 그 뒤를 따랐다.

단천룡은 소름이 돋는 것을 느꼈다.

수많은 기의 향연이 펼쳐지고 있었다.

누구도 이런 광경은 보지 못했을 것이다.

중원과 새외의 정예들이 자신의 전력을 다해서 무공을 펼쳐 내고 있었다.

누가 이런 것을 보았겠는가?

강호의 누구도 이런 것은 보지 못했을 것이다.

아니, 강호의 역사를 통틀어도 이런 광경은 없었을 것이다.

단천룡은 지금 역사의 한중간에 서 있는 것이다.

"정신 차려!"

단천호의 호통에 단천룡은 화들짝 놀랐다.

잠시 얼이 빠져 버린 것이다.

"미안."

"목이 날아간다."

단천룡은 고개를 끄덕였다.

이곳은 전장의 한중간이다.

단천룡이 서 있는 곳에서 불과 십 장 앞에서 경천동지할 전투가 벌어지고 있었다.

하지만……

"끝난 것 아닐까?"

"뭐가?"

"저런 공격을 고스란히 맞았는데 금강석도 가루가 되었

겠다."

"……."

단천호는 대꾸하지 않았다.

그저 눈앞에 벌어지는 전투를 뚫어져라 주시할 뿐이었다.

"천호야."

"닥치고 봐라 단천룡."

"……."

"내가 널 여기까지 끌고 나온 이유는 단 하나뿐이다. 니 눈으로 이제부터 펼쳐질 광경을 똑똑히 새겨 둬라."

"무슨 소리야?"

"말 그대로다. 넌 이걸 지켜봐야 할 의무가 있다. 너뿐 아니라 너와 함께 움직일 모두는 반드시 이 광경을 지켜봐야 한다."

단천룡은 이해하지 못하고 고개를 갸웃거렸다.

단천룡과 함께할 모두?

그런 이들이…….

"비연단을 이야기하는 거냐?"

단천호는 고개를 끄덕였다.

"뭘 지켜보라는 거야? 우리의 임무는…….

"너희의 임무는 지켜보는 거다."

"……."

"너희는 이 광경을 지켜봐라. 그리고 잊지 마라. 그게 너희가 할 수 있는 최대의 예의다."

"대체 무슨 소리를 하고 있는 거야!"

단천호는 무심한 얼굴로 대꾸했다.

"무력도 떨어지는 젊은 놈들이 유격전을 할 수 있을 리가 없지."

"그럼……."

"너희를 편성한 이유는 하나다. 죽어서는 안 될 놈들이기 때문이지. 너희에게는 각 문파를 재건할 의무가 있다."

단천룡은 혼란스러웠다.

이게 대체 무슨 소린가?

"지금 나 보고 남들은 싸우는데 손가락만 빨고 있어라는 거냐!"

"그래."

"이 자식아!"

단천호가 단천룡의 멱살을 움켜잡았다.

"잘 들어, 이 멍청한 놈아! 넌 지금 이 전투가 장난인 줄 아는 모양인데, 이건 강호의 명운이 걸린 싸움이다! 이겨도 아무것도 남지 않을 수도 있어! 너희는 그 상황을 대비할 최후의 희망이다!"

"……그래도."

"알아. 열받는 것도 알고! 짜증이 솟구쳐 미쳐 버릴 것 같은 심정도 이해한다! 그래도 참아라! 그게 네 전투다!"

"……."

단천룡은 고개를 떨구었다.

현실적으로 그가 전력이 되지 않는다는 것은 알고 있었다.

하지만…….

마지막까지 싸우기 위해 지금까지 수련해 온 것이 아닌가?

"그래도!"

단천호는 무심한 눈으로 단천룡을 바라보았다.

"지켜봐라."

"……."

"넌 아직도 전혀 모르고 있어."

"……?"

"지금 네 앞에 있는 것들이 어떤 놈들인지."

단천호의 고개가 천천히 돌아갔다.

"자, 봐라! 이것이 혈천이다!"

콰아앙!

거대한 폭음이 터져 나왔다.

그와 동시에 싸늘한 정적이 전장을 휩쓸었다.

모두가 고개를 돌려 폭음이 터져 나온 곳을 바라보았다.

그것은 이질적인 광경이었다.

목숨을 내놓은 듯 공격을 퍼붓던 이들이 약속이라도 한 것처럼 공격을 멈추는 것.

이해할 수 없는 광경이었다.

폭음이 터져 나온 곳에는 혈혼마제가 서 있었다.

혈혼마제의 주위에는 핏빛의 안개가 마치 살아 있는 뱀처럼 일렁이고 있었다.

"겨우 이건가?"

"크윽!"

혈혼마제는 고개를 까딱이며 파천마를 바라보았다.

"너 역시 실망스럽군."

"크큭."

파천마는 얼굴을 일그러뜨리며 혈혼마제를 노려보았다.

"저런 놈 하나 감당하지 못해서야 선봉의 이름이 아까울 뿐이지."

혈혼마제의 시선이 옮겨 간 곳에는 피를 게워 내고 있는 육문극이 서 있었다.

파천마를 몰아붙이던 육문극이 혈혼마제의 공격을 받고 내상을 입은 것이다.

혈혼마제는 기이한 미소를 입가에 머금고 단천호를 바라보았다.

"이게 전부냐?"

"글쎄."

"아니길 빈다. 그렇다면 그동안의 기다림이 너무도 허무해지니까."

"노력이야 해 보겠다만."

그 순간에도 단천호의 눈은 빠르게 주위를 훑고 있었다.

'서른 정도인가…….'

구파와 새외의 세력들이 합공을 했다.

동원된 무사의 수만 이천이 넘었다.

그런데도…….

'겨우 서른…….'

치명적인 상처를 입은 자는 서른에 불과했다.

서른.

단천호의 입장에서는 너무도 절망적인 숫자였다.

"적어도 쉰은 해치울 수 있을 거라 믿었는데……."

혈마단 역시 계산에 넣었다.

그런데도 단천호의 계산이 빗나갔다면 원인은 하나뿐이었다.

'강해졌군.'

적어도 두 배.

과거 단천호가 이끌었던 혈천에 비해 두 배는 강해진 혈천이 지금 단천호의 눈앞에 있었다.

그리고 그 사실이 단천호의 어깨를 무겁게 짓눌렀다.

과거의 혈천을 상대한다고 해도 승률은 미미할 정도였다.

그런데…….

더욱 강해진 혈천을 상대해야 한다?

그건 절망에 가까웠다.

"크아아아아!"

그 순간 파천마가 절규하듯 소리쳤다.

"빌어먹을!"

파천마는 금방이라도 육문극을 향해 달려들 듯했다.

혈혼마제는 한심한 눈으로 파천마를 바라보았다.

대법은 완성되었다.

파천마는 천혈광마로서 새롭게 태어났다.

하지만.

아직 완전하지는 않았다.

천혈광마가 완전해지는 방법은 오직 하나뿐이었다.

"억울한가?"

"크륵."

"그럼 저들을 잡아 네 기를 채워라."

"……."

"너는 약하다. 하지만 전투를 거듭한다면 너는 누구보다 강해질 것이다."

파천마의 눈에 핏빛 광망이 일렁였다.

"으아아아아!"

파천마가 육문극을 향해 달려들었다.

그 순간 혈혼마제의 손이 허공으로 들렸다.

"혈천도래(血天到來)!"

혈천의 무인들이 그대로 제자리에서 부복했다.

"혈기만천(血氣滿天)!"

오백의 무인들이 동시에 내공을 실어 외치자 전 평원이 쩌렁쩌렁 울리는 듯했다.

"가라! 보여 주어라! 너희가 누구인지!"

"충!"

그 순간.

혈천의 무인들이 붉은 망토를 휘날리며 사방으로 뻗어 나가기 시작했다.

단천호는 조금의 주저함도 없이 외쳤다.

"퇴(退)!"

그와 동시에 구파와 새외의 무인들이 뒤로 물러났다.

하지만 그들이 물러나는 속도보다 혈천의 무인들이 그들을 쫓는 속도가 더더욱 빨랐다.

"산(散)!"

단천호의 외침에 물러나던 이들이 사방으로 흩어졌다.

그와 동시에 혈천의 무인들이 물러나는 구파와 새외의 무인들 사이로 뛰어들었다.

"끄아아아악!"

"으아아아악!"

비명이 울려 퍼진다.

단천룡은 귀를 틀어막고 싶었다.

차마 들을 수 없는 처절한 비명이 단천룡의 귀를 찌르고 있었다.

"으윽!"

눈앞은 아비규환이었다.

혈천의 문도들은 무공을 사용하지 않았다.

아니, 그들의 전신이 무기였다.

그들의 손에 걸린 육체는 종잇장처럼 찢겨져 나갔다.

그들의 손에 닿은 무기는 수수깡처럼 부러져 나갔다.

마치 무인이 일반인들을 학살하는 것 같았다.

수십 년을 고련해 온 무인들이 힘 없는 양민처럼 쓰러져 나간다.

보고도 믿기지 않는 비현실적인 광경이었다.

혈천의 무인들은 표정 하나 변하지 않고 앞으로 나아간다.

그들은 눈앞에 보이는 모든 것들을 멸(滅)하고 파괴(破壞)했다.

단천룡은 깨달았다.

익숙하다.

눈앞에 펼쳐진 광경은 이상하게도 낯이 익었다.

'이건……'

단천룡은 알 수 있었다.

그가 항상 보아 오던 광경이다.

무기 없이 결코 물러서지 않으며 앞으로 나아가는 이.

무기가 다가오면 무기를 깨뜨리고 사람이 다가오면 사람

을 찢어발기는 무인.

지나간 자리에는 어떠한 것도 숨쉬지 못하는 무인.

피의 비를 뿌리며 오로지 앞으로만 나아가는 무인.

그들은 마치 단천호 같았다.

오백의 단천호가 그들을 향해 쇄도하는 것이다.

차라리 모르는 것이 나았다.

알게 되자 공포가 감돈다.

단천호가 어떤 인간인지 알기에 참을 수 없는 오한과 구토가 단천룡을 파고들었다.

"고개 돌리지 마."

"천호야!"

"고개 들어!"

단천룡의 고개가 들렸다.

"봐라. 넌 이걸 봐야 할 의무가 있어. 너뿐 아니라 앞으로 가문을 이끌어 나갈 이들은 반드시 지켜봐야 한다. 너희는 이 희생 위에 숨 쉬고 있다는 걸 절대 잊지 마라."

"왜 움직이지 않고 있는 거야!"

"……"

단천룡의 목소리는 차라리 절규와도 같았다.

"막을 수 있잖아! 뭘 지켜보고 있는 거야!"

"닥쳐."

"천호야!"

"언제까지 병신처럼 떼만 쓰고 있을 거냐. 봐! 네 눈으로 직접!"

단천룡은 단천호의 고함에 고개를 들어 앞을 바라보았다.

그리고 주먹을 꽉 움켜쥐었다.

혈혼마제를 위시한 일백의 무인이 단천호를 노려보고 있었다.

"……."

"내가 움직이는 순간 저들도 움직인다."

"그럼……."

"움직이지 않는 것. 그게 지금 내가 할 일이다."

"흐……."

단천룡은 할 말을 잃었다.

오백.

오백의 무인 중 무려 백의 무인이 단천호 하나를 노리고 있었다.

"이건……."

"과하다고 말하고 싶겠지만……."

단천호는 그들에게서 눈을 떼지 않은 채 말했다.

"저건 자신감이다. 남은 자들만으로도 충분히 상대를 할 수 있다는 자신감."

"……."

"저들에게 있어서 나를 제외한 다른 이들은 장애물도 되지 못해. 그러니 나 하나만 잡으면 그걸로 끝이지. 그걸 알기에 이 많은 인원으로 나를 노리고 있는 거다."

"왜 움직이지 않지?"

"내가 도주할 테니까."

"……."

"나는 저들보다 빨라. 그러니 내가 도주해 버리면 저놈들도 방법이 없지. 그래서 기다리는 거야."

"뭘 기다린다는 거냐?"

"사방으로 퍼지기를."

"……."

"뒤쫓으며 자연히 사방으로 저 썩을 놈들이 퍼지겠지. 그럼 알아서 천라지망이 펼쳐질 거다. 그러니까. 난 지금 여기에 있어야 돼."

단천룡은 보았다.

단천호가 있는 곳.

그 등 뒤만이 평화로운 공간이었다.

그 외의 모든 곳은 전장으로 변한 지 오래였다.

아니, 전장이라고 말하기도 민망했다.

일방적인 학살의 현장을 전장이라고 말하지는 않으니까.

단천룡은 기가 찰 노릇이었다.

이천오백의 정예가 모였다.

중원을 지배하던 구파.

새외를 지배하던 삼대궁.

이 자체만으로 천하라고 지칭할 수 있을 세력이었다.

그런데 그들이 속절없이 밀리고 있었다.

오백.

단 오백이 천하를 밀어붙이고 있는 것이다.

게다가 그중 백은 움직이지도 않았다.

단천호는 기괴하게 웃었다.

"말했지? 애초에 승산 같은 건 찾아볼래야 찾아볼 수도 없다고."

"……"

"그러니까 할 수 있는 수는 모두 써야 돼. 바짓가랑이를 잡고 늘어지고, 등 뒤에서 칼을 쑤셔 박고 시체 더미에 숨어서 칼을 들이미는 짓도 웃으며 해야 된다. 그렇지 않으면 어차피 끝이야."

단천룡은 이해할 수 있었다.

과도하게 긴장했던 단천호.

그가 그렇게까지 긴장한 이유가 뭔지 알 수 있었다.

"어떻게든 될 거라고 생각했나?"

"……"

"지금까지 잘되어 왔으니까 이번에도 어떻게든 될 거라고 믿었겠지. 괜찮아. 사람이란 그런 거니까. 그렇게 어떻게든 되겠지란 생각으로 마지막까지 가 버리면……"

단천호는 양팔을 펼쳤다.

"봐라. 이게 결과다."

아비규환.

단천룡의 눈에 들어온 광경은 말 그대로 아비규환이었다.

그 말 외에는 어떤 말로도 이 광경을 설명할 수 없을 것이다.

단천호는 냉소했다.

"몇 번이나 말했지. 전력은 비교가 안 된다고. 매화검수 따위는 비교도 안 되는 무적의 무인들과 싸워야 한다고."

단천호는 눈앞의 혈천을 바라보며 말했다.

"말을 해도 이해할 수 없겠지. 아니, 믿지 않겠지. 그래도 노력은 하겠지. 하지만……."

단천호의 목소리는 더없이 가라앉아 있었다.

"마지막엔 믿어 버리지. 어떻게든 될 거라고. 과거 시험을 앞두고 좋은 결과를 내지 못할 것을 아는 자는 기적을 믿어 버리게 마련이니까."

"……."

"하지만 현실에서 기적 따위는 일어나지 않아. 일어날 수 있는 것이 있다면……."

콰쾅!

폭음이 터져 나왔다.

단천룡의 고개가 급격히 돌았다.

"철저한 준비로 만들어 낸 결과뿐이지."

어느새 나타난 검은 무복을 입은 이들이 앞으로 달려들었다.

그들의 우수에는 시커먼 공이 들려 있었다.

"진천뢰?"

힘껏 팔을 떨치자 검은 공은 혈천의 문도 사이로 날아들었다.

콰콰쾅!

거대한 폭음이 터진다.

매캐한 연기가 하늘까지 솟을 듯 뿜어져 나왔다.

단천룡은 혹시나 하는 기대를 품었다.

하지만 결과는 단천룡이 바라는 것과는 너무나도 동떨어져 있었다.

연기가 걷힌 곳에는 생채기 하나 입지 않는 혈천의 전사들이 서 있었다.

"빌어먹을……."

단천호는 표정 하나 변하지 않고 말을 이었다.

"뭘 실망하는 거야?"

"……."

"발을 멈췄잖아."

"아……."

"그걸로 된 거야. 이 걸로 적어도 열 명은 살릴 수 있겠지. 열 명에서 하나를 죽일 수 있다면 이득이다. 그러니까 삼백 이하로만 죽으면 우리가 이긴 거야."

단천룡의 얼굴이 시퍼렇게 질렸다.

삼백.

삼백이라니.

웬만한 문파 하나의 숫자다.

서른 명을 죽이고 문파 하나를 내어 준다고?

그런데 그게 승리라고?

"꼴을 보아하니 삼백 이하로 죽는 건 무리인 것 같지만 뭐……."

단천호의 목소리는 너무도 잔인하게 단천룡의 귀를 파고들었다.

"이걸로 끝은 아니니까."

진천뢰는 무시할 수 있는 화기가 아니었다.

벽력문의 모든 정화가 들어 있는 이 화기는 그 존재만으로 무공은 보잘것없는 벽력문을 무시할 수 없는 문파로 만들어 내었다.

그런 진천뢰가 아낌없이 투입되고 있는데도 잠시 혈천의 발을 묶는 것 이상의 효과를 보지 못했다.

진천뢰를 받아 낸 전사들은 단숨에 전진했다.

벌어진 거리를 빠르게 추격해 내며 달려들었다.

그때였다.

불쑥.

갑자기 바닥에서 검들이 솟아 올랐다.

지켜보던 단천룡이 기겁할 정도의 악랄한 한 수였다.

하지만 혈천의 전사들은 전혀 당황하지 않고 검을 받아내었다.

"부상은 바라지도 않아."

순간 쓰러지는 이가 나왔다.

단천룡은 자신의 눈을 의심했다.

"작은 생채기. 그것 하나면 된다. 오독문에서 공수한 시독(屍毒)을 아낌없이 처발랐으니 운이 좋으면 죽을 수도 있겠지."

단천룡은 이를 악물었다.

한 번의 휘두름.

그것이 전부였다.

검을 휘둘러 위치가 노출된 자들은 모조리 목숨을 잃었다.

단숨에 오십이 넘는 목숨이 날아간 것이다.

"저토록 무기력하게……."

"중소문파다. 애초에 무위 따위는 바랄 수도 없지."

"그럼 죽을 줄 알면서 매복시켰단 말이냐!"

"그럼?"

"어떻게 멀쩡한 사람을 사지로……."

"아직도 그딴 소리를 지껄이고 있나?"

"……."

"이건 전쟁이다, 이 빌어먹을 새끼야! 지면 그걸로 끝이야! 어차피 지면 다 죽어! 그런 상황에서 인의예지를 찾고 있을까?"

"그래도……."

"어차피 정면으로 붙는다면 저들은 아무 도움이 안 돼. 그렇다면 요행이라도 바라야지."

"요행을 노리고 죽으란 말이냐?"

"그럼 어떻게 하면 되는데?"

"……."

"정면에서는 아무런 도움도 안 되는 이들을 어떻게 활용하면 적들에게 피해를 입힐까? 포로로 잡혀서 식량이라도 축내라고 할까?"

단천룡은 아무런 말도 할 수 없었다.

"그렇게라도 된다면 다행이겠지만, 혈천의 이름 아래 포로란 건 존재하지 않아. 멸절. 그것만이 저들의 목적이지."

단천호는 싱긋 웃었다.

"그래도 시간은 벌었잖아. 덕분에 쓸모 있는 이들의 목숨을 하나라도 더 구했겠지."

단천룡은 소리치고 싶었다.

쓸모 없는 목숨 따위는 없다.

인간의 가치는 그따위 무공만으로 결정되는 것이 아니다.

하지만 단천룡은 아무 말도 할 수 없었다.

이 아비규환 속에서 그런 입에 발린 말은 어떤 도움도 되지 않는다는 것을 알기 때문이었다.

단천호는 스스로 수라의 길에 발을 들였다.

형이 된 입장에서 그런 단천호를 비난할 수는 없지 않은가?

"지옥에 떨어지겠지."

"천호야."

"상관없어. 어차피 지옥이란 곳이 있다면 지금까지 저지른 죄만으로도 피할 수가 없다. 그런다면 제대로 악질이 되어 주지."

단천호는 앞을 바라보았다.

진천뢰와 매복 덕분에 나름 거리를 벌 수 있었다.

사방으로 흩어져 도망간 덕분에 간격은 더욱 벌어진 상태.

뒤를 쫓는 혈천의 문도 역시 사방으로 흩어져 있었다.

이대로라면 많은 이들을 살릴 수 있을 것이다.

"병법의 기본이 뭔지 아나?"

"뭐?"

"병법의 기본 말이야."

"……."

"아주 간단해. 뒤통수를 치면 되지. 상대가 절대 생각 못할 수를 태연하게 저지르면 돼. 그게 병법이란 거지."

"무슨 소리냐?"

"이쯤 되면 절대 반격하리라고는 생각하지 않고 있겠지."

단천호의 말이 끝나기 무섭게 전장에 변화가 일어났다.

퇴각하던 구파의 한 축이 좌우로 벌어지며 그 사이로 뛰어드는 인원들이 있었다.

단천호는 웃었다.

"필사적으로 쫓아와 준 덕분에 간격이 벌어졌지. 오백이 뭉쳐 있을 때야 칼도 안 먹혔지만 하나하나 떨어져 있을 때는 어떨까?"


화무군은 정신이 나가 버릴 것만 같았다.

"크으으!"

예상은 했다.

아니, 예상을 했다고 생각했다.

적이 얼마나 강한지는 지긋지긋할 정도로 들었다.

귀에 못이 박힐 지경이었다.

그래서 알고 있다고 생각했다.

하지만 아니었다.

단천호가 한 말은 저들의 강함을 조금도 표현하지 못했다.

강함뿐이 아니었다.

물러서지 않는 돌진성.

인간을 인간으로 보지 않는 악랄함.

그리고 전투를 해 보기도 전에 심장을 찢어발길 것같이 덮쳐 오는 기세.

만약 과거 단천호와의 전투를 겪어 보지 못했다면 화무군은 검조차 제대로 휘두르지 못했을 것이다.

하지만 그게 전부였다.

검을 휘두를 수는 있었다.

하지만 화무군의 능력으로 그들을 쓰러뜨리는 것은 절대 불가능했다.

"빌어먹을!"

제자들이 쓰러진다.

등 뒤에서 쓰러지는 제자들의 비명 소리를 들으면서도 화무군은 멈출 수 없었다.

전력을 다한 공격, 그리고 연이은 산개퇴각.

처음 설명을 들었을 때는 단천호가 미친 줄 알았다.

하지만 인정해야 했다.

이건 이들을 상대할 수 있는 가장 효과적인 방법이었다.

아니, 유일한 방법이었다.

어떠한 병법으로도 이 압도적인 전력 차를 극복해 낼 수 없을 것이다.

등 뒤로 발소리가 들려온다.

이 소란한 전장에서도 그 발소리는 너무도 뚜렷하게 들려왔다.

마치 사신의 발걸음과도 같았다.

화무군은 결정해야 했다.

도주하다 등을 꿰뚫릴 것인가.

아니면?

화무군의 결정은 너무도 당연했다.

그는 대종남의 장문인이다.

수치스러운 상처를 등에 남길 수는 없었다.

사부를 잃은 그라면 더더욱!

화무군은 몸을 돌렸다.

아니, 돌리려 했다.

바로 그때였다.

"화 장문인!"

거친 목소리가 전방에서 들려왔다.

"모용 어른?"

모용민이 안색을 굳힌 채 달려들고 있었다.

"비키시오!"

화무군은 모용민의 말이 들리는 동시에 좌로 크게 뛰어 올랐다.

서걱!

모용민의 검이 화무군을 노리던 혈천의 문도를 갈랐다.

과연 검성!

화무군으로서는 상대조차 해 볼 수 없었던 이들을 단숨

에 해치웠다.


천류성광검(天流星光劍).
천류낙화(天流落花).


모용민의 검이 환상처럼 허공에 꽃비를 그려 내었다.

하지만 그 순간 쓰러진 줄 알았던 혈천의 문도가 다시 모용민에게로 달려들었다.

"이, 이놈이!"

혈천의 문도는 입가에 가득 기이한 미소를 머금고 모용민의 검을 향해 양손을 휘둘렀다.

까가강!

검과 손이 부딪혔는데 쇳소리가 울려 퍼졌다.

일개 문도가 중원의 검성을 막아 내고 있는 것이다.

"어디서 이런!"

모용민의 검이 빠르게 휘둘러졌다.


천류성광검(天流星光劍).
천류은하폭(天流銀河瀑).


모용민의 검이 이윽고 혈천의 문도를 갈랐다.

하지만 모용민 역시 가슴팍에 길게 베인 상처를 남겨야

했다.

모용민은 더 없이 굳은 얼굴로 자신의 상처를 바라보았다.

이 손.

분명 다르다.

그러나······.

분명 단천호의 그것과 닮아 있었다.

'우연인가?'

모용민의 생각은 깊어지지 못했다.

어느새 쇄도한 자들이 모용민의 목을 노리기 시작한 것이다.

"오너라! 내가 모용세가의 힘을 보여 주마!"


전장은 빠르게 변하고 있었다.

무작정 도주하는 것 같던 구파의 사이로 삼대세가의 인원들이 튀어나왔다.

전투는 극적으로 변하고 있었다.

단천룡의 눈에 의구심이 생긴 것은 바로 그때였다.

분명.

방금 한 번의 공격으로 혈천은 타격을 입었다.

공격대의 선봉에 선 자는 모용민.

그리고 각 파의 장문인들이었다.

육문극과 청진자, 혜정 신니를 제외한 구파의 장문인. 그리고 모용민이 선봉을 이끌었다.

아무리 혈천이 강하다고는 해도 그들은 중원의 최고수.

일대일이라면 우위를 점할 수 있다.

단천호는 도주하는 상황을 만들어 내 혈천의 문도들을 산개시켜 버린 것이다.

하지만······.

그건 단 한 번일 뿐이다.

덕분에 구파와 삼대세가는 지금껏 겨우 벌려 놓았던 거리를 다시금 내어 주었다.

이제 도주는 물 건너간 것이다.

왜 이런 짓을 한 것일까?

그때 단천호가 단천룡을 바라보았다.

"지켜봤냐?"

"······."

"기억해라, 오늘의 전투를. 중원이라는 껍데기를 지키기 위해서 삼백이 넘는 인원이 이곳에서 뼈를 묻었다. 너는 기억해야 돼."

"······기억할 거다."

"그래. 그럼 됐다. 가라."

"뭐?"

"언제까지 여기 있을 셈이냐. 이제 한계다. 가라."

"너는?"

단천호는 싱긋 웃었다.

"난 해야 할 일이 있다."

"너!"

"걱정 마. 처음부터 계산에 있던 일이니까. 지루한 소모전이 될 거다. 그러니까 여긴 아냐."

"……."

단천룡은 단천호를 바라보았다.

단천호는 웃음기 띤 얼굴로 단천룡의 시선을 받았다.

단천호는 몸을 돌렸다.

알고 있다.

이곳에서 시간을 지체한다면 단천호에게는 더욱 큰 부담이 될 것이다.

그러니까.

이제는 가야 한다.

단천룡은 단호히 걸어 나갔다.

그의 눈에 그를 기다리고 있는 제갈군이 보였다.

단천룡은 걸었다.

도저히 뛸 수가 없었다.

그는 알고 있다.

들어 버린 것이다.

'적어도 쉰은 해치울 수 있을 거라 믿었는데…….'

단천호의 중얼거림.

그것은 혈천이 단천호의 예상보다 훨씬 강하다는 것을
의미했다.

그리고 단천호는…….

언제나 한계까지 자신을 몰아붙여 왔다.

그러니까…….

이번 계획 역시 단천호는 자신을 한계까지 몰아붙일 생
각이었을 것이다.

그러나…….

배는 강한 적들을 상대로 그것이 통할 것인가?

단천룡은 뒤를 돌아보았다.

그곳에는 단천호가 등을 보이며 서 있었다.

굳건한 등.

태산과도 같은 등이었다.

'천호야.'

84
장
—

다천숳
나서
다

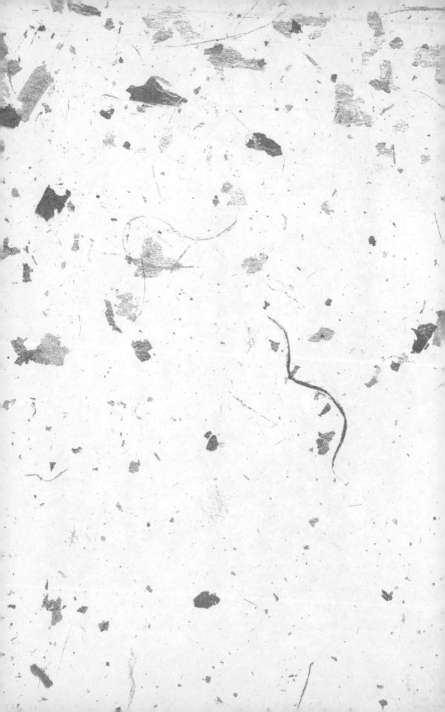

설난향은 자신의 손을 내려다보았다.

새하얀 손.

아니, 새하얗다 못해 투명해 보이는 손이었다.

'소수(素手).'

설난향은 웃었다.

그녀의 웃음은 조금 처연해 보이기도 했다.

'단천호.'

설난향의 눈에 그의 모습이 떠올랐다.

단천호.

모용가려와 함께 있던 그의 모습이.

설난향은 입술을 지긋이 깨물었다.

이제는 그녀와 관계없는 일이다.

설난향은 이제 혈천의 소속이니까.

'단천호.'

설난향은 자신의 몸에 일어나는 일을 잘 알고 있었다.

그녀는 죽어 가고 있었다.

하루, 하루 몸이 느끼고 있다.

이제 그녀에게는 많은 시간이 남아 있지 않았다.

그러나 설난향은 후회하지 않았다.

그녀에게는 반드시 해야 할 일이 있었다.

'당신이 이것을 감당할 수 있을까, 단천호? 당신 앞에 있는 이 무거운 현실을 당신이 감당해 낼 수 있을까?'

설난향은 알 수 없었다.

그녀 역시 믿기 힘들었던 사실이었으니까.

만약 단천호가 모든 것을 알게 된다면 그가 받아야 할 충격은 설난향이 받았던 충격과는 비교조차 할 수 없을 정도로 거대할 것이다.

하지만······.

단천호는 알아야 했다.

그는 반드시 이 사실을 알아야 할 의무가 있었다.

안타까운 것은.

이 모든 것은 단천호 스스로 알아내야 할 일이라는 것이다.

설난향은 어떠한 도움도 줄 수 없었다.

긴 세월 이어져 온 인연의 끈은 설난향에게 닿아 있지 않았다.

그것을 해결할 이는 오로지 단천호와 혈선뿐이었다.

설난향이 해야 할 일은……

설난향은 문을 열고 밖으로 나갔다.


\*            \*            \*


단천호는 단천룡과 제갈군이 비연단을 이끌고 사라지는 것을 지켜보았다.

그들이 완전히 떠나기 전에는 움직일 수 없었다.

그들이 방해를 받지 않고 움직일 수 있는 것은 혈천 앞을 막아선 단천호의 존재가 있기 때문이었다.

단천호는 고개를 돌려 혈혼마제를 바라보았다.

"과도한 여유에 감사해야 하나?"

만약 그들이 비연단을 직접 노렸다면 단천호로서도 무척 곤란했을 것이다.

하지만 그들은 그러지 않았다.

단천호는 그것이 여유라고 판단했다.

하지만 혈혼마제의 생각은 다른 모양이었다.

"여유?"

혈혼마제는 차가운 눈으로 단천호를 바라보았다.

"우리는 여유 따위는 부리지 않는다."

딱딱한 목소리.

단천호는 혈혼마제의 목소리를 들으며 마치 과거로 돌아
온 듯한 기분을 느꼈다.

"그럼 뭐라고 해야 하나?"

"사자는 토끼를 잡을 때도 전력을 다하지. 오늘의 사냥
감은 바로 너다. 단천호. 저들과 너를 동시에 상대하는 것
보다는 너 하나를 상대하는 것이 더 효율적이기 때문이지."

"그런가?"

"그리고 등을 보이고 도망가는 놈들을 쫓는 것보다는 반
항하는 놈을 짓밟는 것이 더욱 가치 있는 일이지."

단천호는 고개를 끄덕였다.

"참 이상한 일이지."

"뭐가 말인가."

"네가 이렇게 말이 많은 놈인 줄 오늘 처음 알았는 걸?"

"……"

혈혼마제는 차가운 눈으로 단천호를 바라보았다.

"나를 아주 잘 안다는 투로 이야기하는군."

"잘 알지."

단천호는 어깨를 으쓱했다.

"이상하게 들리겠지만 난 너를 아주 잘 알고 있지."

"이상하게 들리는 줄은 아는군."

"이럴 때는 설명할 수 없다는 것이 꽤나 답답하게 느껴진단 말이야."

단천호는 진심으로 그렇게 생각했다.

이젠 이런 상황도 짜증이 났다.

그 혼자만이 다른 세상에 와 있는 기분이었다.

"크큭."

그때 단천호의 등 뒤에서 섬뜩한 웃음소리가 들려왔다.

단천호는 천천히 고개를 돌렸다.

그곳에는 하나의 인영을 손에 든 파천마가 서 있었다.

"음……."

단천호는 침음성을 흘렸다.

파천마의 손에 들린 이는 그도 잘 아는 이였다.

비록 목내이처럼 말라 버려서 원래의 형상이 많이 남아 있지는 않았지만 그래도 알 수는 있었다.

그 인형의 모습이 워낙 독특하기 때문이었다.

"혜정 신니……."

단천호는 한숨을 쉬었다.

혜정 신니는 그와 친한 이는 아니었다.

아니, 가장 사이가 나쁜 이 중 하나였다.

하지만 그래도 함께 싸웠던 동료가 저런 처참한 몰골로 죽어 있는 꼴을 보는 게 기분 좋을 리는 없었다.

"육문극은 잘도 도망가더군."

단천호는 피식 웃었다.

"이길 수 있다는 투로 이야기하는군. 주제도 모르고 말이야."

파천마는 입가에 짙은 미소를 머금었다.

"이제는 가능하지."

단천호는 심드렁하게 대답했다.

"그러시겠지."

파천마는 단천호의 태도가 마음에 들지 않았는지 금방에라도 단천호에게 달려들 듯 보였다.

혈혼마제가 그런 파천마를 제지했다.

"단천호."

"불렀나?"

"각오는 되어 있나?"

단천호는 다시금 깊은 한숨을 내쉬었다.

"나는 지금 무척 실망하고 있어."

"뭐가 실망이라는 거지?"

"언제부터 혈천이 이렇게 주둥아리로만 나불대는 곳이 되어 버린 거지?"

"……."

혈혼마제의 얼굴에 분노가 떠올랐다.

"개판이군. 혈천의 행사에 말 따윈 필요하지 않은 것 아니었나?"

"네놈이……."

단천호는 혈혼마제를 보며 웃었다.

"혈선이 지금 네놈이 하는 꼴을 보면 좋아하겠군? 떠벌이 하나 잘 키웠다고 하면서?"

"네놈의 주둥아리를 찢어발겨 주마."

"아아, 그 전에."

단천호는 시기적절하게 혈혼마제의 말을 끊었다.

"하나 물어볼 것이 있는데."

"네게 대답해 줄 말 따위는 없다."

"아이고~ 각박해라. 세상이 어쩌다가 이렇게 됐나. 방금 전까지는 자기들이 최강이라느니 어쩌느니 하면서 여유란 여유는 다 부리더니 말 한마디했다고 삐쳐서는. 소심하기는 쯔쯔. 내가 뭘 바라겠냐. 그래 덤벼라, 덤벼."

혈혼마제의 얼굴이 딱딱하게 굳었다.

"이놈!"

"너도 촌구석에만 박혀 살다 보니 힘들었구나."

"뭐라고?"

"할 수 있는 욕이 이놈, 저놈밖에 없냐? 하기야 영감들이랑 같이 싸움질하는 걸 평생 업으로 알고 살았는데 무슨 어휘력이 있겠어."

"장난은 끝이다."

그때 단천호가 입을 열었다.

"그는 잘 있나?"

"그?"

"혈선 그 영감탱이 말이다."

혈혼마제의 얼굴에 노기가 가득 차올랐다.

"감히 그분을 그런 경망된 말로 칭하다니. 내가 네놈의 뼈를 발라 버리겠다."

단천호는 어깨를 으쓱했다.

"아아, 진정하라고 네놈들의 과도한 충성심은 이미 충분히 알고 있으니까."

단천호는 혈혼마제를 바라보며 혀를 찼다.

과도한 충성심.

그것 외에는 표현할 길이 없었다.

혈선에 대한 혈천의 충성심은 지독할 정도다.

과거 단천호에 대한 혈천의 충성심도 절반 이상이 혈선의 후광에서 나온 것이나 다름없었다.

'이해 못할 일이지.'

지금은 도무지 이해할 수가 없다.

어떻게 인간이 자신의 존엄마저 버려 가며 한 인간을 맹목적으로 따를 수가 있을까?

그런 것이 가능하다는 것 자체가 단천호에게는 불가사의였다.

하지만.

이해할 수는 없어도 알 수는 있었다.

이상한 말이지만 사실이었다.

단천호 역시 느껴 본 적이 있었으니까.

과거.

단천호의 혈선에 대한 충성심 역시 맹목적이었다.

혈선의 명이라면······.

우드득.

단천호의 주먹이 꽉 쥐어지며 손톱이 손바닥을 파고들었다.

기억하고 싶지 않은 일.

할 수 있다면 머릿속에서 도려내고 싶은 일이다.

"좋은가?"

"······."

"그렇게 남의 뜻에 따라서 사는 게 즐겁냐는 말이다."

"이것은 나의 의지다."

"그건 너의 의지인가 아니면 혈선의 의지인가?"

"그분의 의지가 곧 나의 의지다."

"서글프군."

단천호는 처연하게 웃었다.

그와 같다.

과거의 그와 같다.

맹목적인 충성.

혈선의 정말 위대한 점은 무위가 아닐지도 몰랐다.

그는 일천이 넘는 자들에게서 목숨까지 걸 충성을 받아내었다.

황제처럼 권위를 입고 태어난 것도 아니다.

그저 맨바닥에서 스스로의 능력만으로 이런 일을 해낸 것이다.

"생각하면 생각할수록 정 떨어지는 영감탱이군."

혈혼마제의 얼굴이 더 이상 일그러질 수 없을 만큼 일그러졌다.

그에 대한 모독 따위는 웃으며 받을 수 있었다.

하지만 눈앞에서 혈선을 모욕하는 자가 있는데 참고 있을 수는 없었다.

"그래 봐야 어차피 같은 사람이잖아?"

혈혼마제의 인내심은 거기까지가 한계였다.

"쳐……."

하지만 단천호의 인내심은 그것보다 훨씬 짧았다.

파앙!

단천호의 육체가 빛살처럼 앞으로 튀어 나갔다.


광륜(光輪).

단천호의 우수에 맺힌 광륜이 혈혼마제를 향해 날아들었다.

그와 동시에 파천마가 단천호를 향해 몸을 날렸다.

"이놈이!"

혈혼마제의 우수에 붉은 연기가 뭉쳐 들었다.

마치 구름처럼 뭉쳐 든 붉은 연기는 단천호가 날린 광륜을 감쌌다.

콰쾅!

폭음이 터지며 혈혼마제가 정신 없이 뒤로 물러났다.

단천호는 그 틈을 놓치지 않고 몸을 날렸다.

목표는 애초부터 혈혼마제가 아니다.

단천호의 목표는 구파와 삼대세가를 공격하고 있는 혈천의 문도들이었다.

단천호의 몸이 새하얗게 빛났다.

그와 동시에 단천호의 몸 주변으로 수십 개의 광륜이 생겨났다.

단천호의 육체 주위를 돌던 광륜들이 일시에 사방으로 뻗어 나갔다.

파아아앙!

광륜이 대기를 찢어발기며 혈천의 문도들에게로 날아들었다.

쾅! 콰콰쾅!

광륜이 폭발하며 터져 나갔다.

거대한 폭음이 전장을 가득 채워 나갔다.

그리고 단천호는 바닥에 내려섰다.

수십 개의 광륜을 사방으로 발출했다.

하지만 광륜을 상대하는 입장에선 하나의 광륜만을 상대하면 되는 상황이었다.

그렇기에 결과는 좋지 못했다.

단 하나의 광륜만으로는 혈천의 문도 누구도 쓰러뜨릴 수가 없었다.

하지만 단천호가 원하는 것은 그들을 쓰러뜨리는 것이 아니었다.

그들의 발을 여기에 묶는 것.

그것이 단천호가 원하는 것이었다.

"같은 사람일 뿐이지."

혈선도 단천호도. 그리고 이곳에 있는 모두도.

다 같은 사람이다.

그러니 무작정 두려워할 일은 아니었다.

사람인 이상 완벽할 수는 없고 파고들 틈은 분명 존재할 것이다.

혼자서 안 된다면 수로 누르면 되고 수가 안 된다면 계략이라도 쓰면 된다.

반드시 단천호가 혈선보다 강해야 하는 것은 아니다.

하지만 안타까운 것은 그것이 단천호에게도 고스란히 적용되는 논리라는 점이었다.

"쳐라!"

혈혼마제가 소리쳤다.

단천호는 혈혼마제를 향해 고개를 돌렸다.

"호오?"

혈혼마제는 지시하는 것에 그치지 않고 직접 몸을 날려 단천호를 향해 쇄도하고 있었다.

과거의 적들이었다면 초반은 그저 물러서서 단천호를 관찰했을 것이다.

그것 역시 의미가 있다.

무공은 상성이 많은 부분을 차지한다.

상대의 무공을 파악하는 것은 당연히 해야 할 과제였다. 그리고 상대의 체력을 빼는 것도 중요하다.

숨겨진 비장의 수를 드러내게 할 수도 있고 상대의 실수를 유발할 수도 있었다.

쓰러지지 않아야 하는 수장의 입장이라면 그러한 과정은 당연히 선택해야 할 일이었다. 수장이 쓰러지는 순간 전투는 끝이 나니까.

하지만 혈혼마제는 그러지 않았다.

그는 자기가 직접 최전선에서 단천호를 향해 달려들고 있었다.

단천호의 무위는 이미 눈으로 확인 했을 터. 혈혼마제가 아무리 강해졌다고 해도 위협적인 것은 마찬가지일 것이다.

그런데도 혈혼마제는 단천호를 노리고 달려들고 있었다.

단천호는 웃었다.

이것이 혈천이다.

이것이 바로 마인이다.

마인이 선택할 수 있는 것은 오로지 하나.

앞으로 나아가는 것.

단천호 역시 그러한 삶을 살았다.

새로운 삶을 살면서도 아직 그것에 사로잡혀 있었다.

"아쉽군."

단천호는 뒤로 몸을 날렸다.

그의 본능이 외치고 있었다. 싸우라고! 적과 맞서라고!

하지만 단천호는 자신의 안에서 들려오는 목소리를 철저하게 외면했다.

과거였다면 결코 주저하지 않고 혈혼마제는 맞아 갔을 것이다.

그리고 단천호가 죽든 혈혼마제가 죽든 결판을 냈을 것이다. 그것이 바로 마인의 삶이니까.

물러선다는 것은 죽는 것보다 몇 배는 더 치욕적인 일이니까.

하지만 단천호는 물러섰다.

솟구치는 욕구를 억누르고 상처 입은 자존심을 달랬다.

단천호는 해야 할 일이 있다.

지금 해야 할 것은 모두를 안전하게 대피시키는 일.

그것이 단천호가 선택해야 할 길이었다. 그리고 그것을 위해서는 이곳에서 혈혼마제와 드잡이질하는 것은 아무런 도움이 되지 못했다.

'그러고 보면……'

마인들이란 마치 아이들과도 같다.

맹목적이고 단순하다.

그리고 순수하다.

하지만 단천호는 더 이상 아이일 수 없었다.

아이를 자처하기에는 그의 어깨에 걸린 것이 너무도 많았다.

"힘내라고!"

단천호의 우수에서 뿜어져 나온 광륜이 혈혼마제를 향해 날아갔다. 단천호는 광륜을 발출하는 동시에 몸을 뒤로 날렸다.

단천호의 시야에 혈천의 전사들을 맞아 싸우는 모용민이 들어왔다.

파앙!

단천호의 신형이 대기를 가르며 모용민을 향해 쇄도해 들어갔다.

"워! 영감님!"

단천호는 모용민의 앞을 가로막았다.

"천호야!"

"너무 기분 내는 거 아니에요? 내가 적당히 하고 빠지라고 했잖아요!"

"물러설 틈을 줘야 물러나지!"

모용민의 목소리에는 여전히 활기가 있었지만 그의 몰골은 낭패스럽기 그지없었다.

가슴팍은 길게 갈라져 검붉은 선혈이 말라붙어 있었고 상체 곳곳도 베인 듯 피가 흘러나오고 있었다.

그리고 풍압에 상했는지 의복이 마치 넝마처럼 변해 있었다.

"꼴이 말이 아니네요."

"나도 이 꼴이 될 줄은 몰랐다."

모용민은 태연하게 말했지만 그의 목소리는 은은하게 떨리고 있었다.

천류검성(天流劍聖) 모용민.

현재 의천맹에서 육문극을 제외한다면 최고수라고 할 수 있는 자다. 그런 이가 오제도 아닌 일개 잡졸들에게 밀려서 이런 꼴이 된 것이다.

모용민의 붉어진 얼굴이 지금 모용민이 얼마나 당황하고 있는지를 말해 주고 있었다.

"뭐… 간만에 재회를 즐기고 싶지만……."

단천호는 양손에 광륜을 만들었다.

"시기가 좋지 않네요!"

단천호의 양손이 중앙으로 모인다.

두 개의 광륜이 서로 충돌하며 맹렬히 회전했다.

"가세요!"


광륜(光輪).

광천포(光天砲).


콰콰콰콰쾅!

광천포가 터지며 전방을 휩쓸어 갔다.

"괜찮겠느냐?"

"영감님이 더 이상 시간만 끌지 않아 주면 괜찮을 수도 있을 텐데 말이죠."

"말을 해도!"

"아, 덕분에 목숨이 일 할은 줄어든 것 같네요. 감사해요. 어디까지 줄여 볼 생각이시죠?"

모용민은 고개를 끄덕였다.

시간을 끌면 끌수록 단천호의 위험은 가중될 것이다.

지금 모용민이 할 수 있는 최선은 한시라도 빨리 남은 이들을 이끌고 퇴각하는 것이다.

그것이 모용민이 해 줄 수 있는 최대한의 배려였다.

"조심하거라!"

"그러죠."

단천호는 전신에 광륜을 두르고 앞으로 돌진했다.

"자! 난 여기 있다!"

광륜이 사방으로 퍼져 나간다.

콰콰콰쾅!

광륜이 사방을 휘돌며 대지를 찢어발겼다.

혈천의 전사들마저 그 위세를 감당하지 못하고 몸을 뒤로 날렸다.

사방을 휩쓸던 광륜이 다시금 단천호의 몸으로 되돌아온다.

발출과 회수.

그 모든 동작이 물흐르듯 자연스러웠다.

단천호의 몸이 다시금 허공으로 치솟았다.

시간을 벌었다고 생각하자 다음 갈 곳을 찾는 것이다.

지금 전장의 상황은 혼란 그 자체였다.

구파와 삼대세가, 그리고 새외의 세력.

의천맹 그 자체라고 할 수 있는 전력들이 사방으로 뿔뿔이 흩어져 도주하고 있었고 혈천 역시 산개하여 그 뒤를 쫓고 있었다.

단천호가 천신이 아닌 이상 그 모든 이들을 동시에 막아

낸다는 것은 불가능한 일이었다.

단천호가 해야 할 일은 그들을 모두 막는 것이 아니다.

그저 조금의 혼란을 가중시키는 것뿐.

예를 들면…….

단천호의 몸을 휘돌던 광륜 중 일부가 전방으로 쏘아져 나갔다.

그리고 그 광륜들이 서로 얽혀들며 거대한 빛무리를 만들어 내었다.

광륜(光輪).

광천포(光天砲).

허공에 거대한 빛의 기둥이 생겨났다.

무극의 경지에 오른 단천호는 굳이 손을 사용하지 않아도 광천포를 만들어 내었다.

압도적인 파괴력.

아무리 혈천이라고 하나 광천포를 정면으로 받은 이들은 결코 무사하지 못했다. 열 명이 넘는 전사들이 이 한 번의 공격으로 목숨을 잃었다.

꽝음이 사라진 전장에 기이한 정적이 감돌았다.

혈천을 상대하는 의천맹이 늑대를 상대하는 양 떼와 같았다면 단천호는 늑대 무리에 홀로 뛰어든 범이었다.

단천호의 움직임 덕분에 혈천의 추격이 둔해진다.

단천호는 멈추지 않았다.

단천호가 잠시 쉬는 동안에도 피해는 늘어난다.

조금 더.

조금 더 움직여야 했다.

이미 이런 전투 양상은 마황가를 상대하며 겪어 보았다.

그때 가장 문제가 되었던 것은 진기의 고갈.

마음이 급하다고 해서 수용할 수 있는 진기 이상을 뿜어내어서는 안 된다. 무한에 가깝다고 생각했던 무극의 경지도 한계는 존재하는 것이다.

단천호는 끊임없이 진기를 순환시키며 외기를 받아들였다.

"뭐 이 정도면……."

"충분한가?"

단천호는 천천히 몸을 돌렸다.

그곳에는 파천마가 허공에 몸을 띄운 채 단천호를 바라보고 있었다.

"빠른데?"

"크크크큭."

파천마의 우수가 단천호를 향해 쾌속하게 날아들었다.

단천호는 좌수를 들어 올려 파천마의 주먹을 막았다.

콰앙!

거대한 폭음과 함께 단천호의 육체가 바닥으로 처박혔다.

쿵!

단천호의 몸이 바닥을 파고들어 갔다.

흙더미 속에서 단천호는 얼굴을 일그러뜨렸다.

"크으."

단천호는 몸을 일으키며 좌측 어깨를 움켜잡았다.

어깨가 빠져 버릴 것만 같은 거대한 충격이었다.

"빌어먹을! 무식하게 세군."

아무리 천혈광마라고 해도 무극에 오른 단천호라면 정면으로 맞붙을 수 있다고 생각했다.

하지만 오산이었다.

파천마와 일수를 교환한 순간 단천호는 느낄 수 있었다.

파천마의 내부에서 들끓고 있는 상상할 수도 없는 내공을.

무극의 경지에 올라 무한에 가까운 내공을 운용할 수 있는 단천호로서도 감당할 수 없는 내공이었다.

비교를 하자면 과거 대승정의 내공을 맞받았을 때의 느낌 정도?

아니, 그 이상이었다.

인간의 육체 안에 저토록 많은 내공이 있다는 것 자체가 말이 되지 않았다.

대승정의 내공이 거대한 대양(大洋) 같은 느낌이라면 파천마의 내공은 소용돌이치는 용암과도 같았다.

그것도 불순물이 가득한.

"괴물은 괴물이군."

그렇기에 천혈광마.

나타날 때마다 천하를 피로 씻어 내렸던 마물인 것이다.

단천호는 새삼 육문극이 대단하게 느껴졌다.

이런 내공을 뿜어내는 마물을 상대로 우위를 점하다니.
명문의 저력은 바로 이런 곳에서 나오는 것이다.

단순히 내공과 파괴력으로 따지면 육문극은 파천마의 상
대가 되지 못했다.

그런데도 육문극은 파천마를 압도했다.

"이래서 정파 놈들이 싫다니까."

착실하게 쌓아 올린 기본.

무한히 반복해 온 초식의 우세함은 압도적인 내력의 차
이마저 좁힐 수 있었다.

하지만…….

그것도 분명 한계가 있었다.

지금이라면 가능하다.

지금의 파천마는 육문극조차 제압할 수 있었다.

단천호 역시 큰 힘을 들이지 않고 제압을 할 수 있다.

힘과 힘의 정면 대결이 된다면 대승정 외에는 상대할 사
람이 없겠지만 무공의 경지가 달랐다.

그러나 그건 지금뿐이었다.

천혈광마의 가장 무서운 점은 전투가 이어지며 끊임없이

강해진다는 것이다.

죽이지 못하면 다음에는 몇 배가 강해진 파천마가 단천호를 노릴 것이다.

"크큭."

파천마는 두 눈을 희번덕거리며 단천호를 향해 걸어왔다.

"내가 얼마나 이 순간을 기다려 왔는지 아는가, 단천호?"

단천호의 눈이 깊게 가라앉았다.

잠깐이지만 파천마의 목소리와 얼굴이 과거의 남궁의룡과 닮아 가고 있었다.

"어차피 네 힘도 아니지."

"그럴지도 모르지. 그래도 뭐 어때? 이길 수 있다면 그게 중요한가?"

"중요하지 않지."

"너라면 이해할 거라고 믿었다."

단천호는 눈앞의 마물을 바라보았다.

마(魔)에 휩쓸려 무(武)를 잃어버린 마물.

단천호는 고개를 저었다.

"너는 아니다."

"뭐?"

"너는 나를 대신할 수 없어."

"무슨 소리를 지껄이는 거냐!"

단천호는 한숨을 쉬었다.

눈앞에 있는 것은 괴물이다.

그저 강할 뿐인 괴물이다.

무(武)에 대한 자부심도 혈천에 대한 자긍심도 품지 못한 통제불능의 마물이었다.

그를 억누르고 있는 것은 단천호에 대한 열등감, 그리고 혈선에 대한 두려움뿐이었다.

그 두 가지가 아니었다면 벌써 모든 것을 놓아 버리고 폭주했을 것이다.

단천호는 차가운 눈으로 파천마를 노려보았다.

"남궁의룡."

"크. 그 이름은 버렸지."

"아버지를 죽였나?"

"그래. 바로 이 손으로."

"……."

단천호는 아무 말 없이 남궁의룡을 바라보았다.

처음 만났을 때 남궁의룡은 그저 아무것도 모르는 애송이에 불과했다.

그런 남궁의룡이 어떻게 여기까지 타락한 것일까?

"나의 존재가 그렇게 못마땅했나?"

파천마는 광소를 터뜨렸다.

"크하하하하핫!"

단천호는 미친듯이 웃어 젖히는 파천마에게서 눈을 떼지

않았다. 한참을 그렇게 웃던 남궁의룡은 어이없다는 듯이
말했다.

"이봐, 이봐? 제정신이야?"

"……."

"내가 정말 너 때문에 이렇게 되었다고 생각하는 거야?"

단천호는 대답하지 않았다.

"웃기지 마라. 단천호! 내가 손에 넣은 것은 모든 것을
내 손으로 무너뜨릴 수 있는 힘이다! 내 스스로 선택한 길
이지! 너에 대한 저열한 복수심이 아니라고!"

단천호는 냉정하게 그의 말을 잘랐다.

"아비를 죽인 놈이 말은 잘도 하는군."

"그럼 너는?"

"……."

"네가 나와 같은 입장이라면 어떻게 했을까, 응?"

"……."

단천호의 심장이 천천히 뛰기 시작했다.

의도하지 않게 파천마의 말은 단천호를 제대로 자극했다.

과거였다면.

과거에 혈선이 단천호에게 단가장을 멸하라는 명을 내렸
다면…….

단천호는 어떻게 했을까?

아마도…….

"슬프군."

단천호는 양 주먹을 움켜쥐었다.

"그래. 나는 너와는 다르다고 생각했다."

"크크큭."

"하지만 나도 그리 다를 건 없었군."

"흐하하하! 그건 내가 사양이다. 단천호!"

단천호는 깊게 가라앉은 눈으로 파천마 노려보았다.

"그러니까. 적어도 너만은 내 손으로 죽여 주겠다.

"가능하다면 말이지."

단천호는 웃었다.

"아! 당연히."

"……?"

"지금은 아니고."

단천호는 씨익 웃었다.

그와 동시에 몸을 날려 의천맹을 뒤쫓는 혈천의 전사들을 향해 날아들었다.

"단천호오오오!"

단천호는 솟아오르는 노기를 필사적으로 억눌렀다.

아직은 이들을 상대할 때가 아니었다.

투기가 끓어오른다고 해도 지금은 참아야 할 때였다. 만약 지금 참지 못하면 평생을 후회 속에서 살아야 한다.

아니, 앞으로 살아갈 삶조차 사라져 버릴지 몰랐다.

그러니 지금은 참아야 할 때다.

조금만 더 막아내면 된다. 그럼 이차로 매복해 놓은 중소 문파가 도울 것이다.

그리고 마지막에 준비해 놓은 오독문이…….

"모두 멈춰라."

그때 웅혼한 음성이 전장을 울렸다.

혈혼마제.

그가 입을 연 것이다.

그와 동시에 혈천의 마인들이 제자리에 멈춰섰다.

단 한마디에 추격을 멈춰 버린 것이다.

단천호는 고개를 돌려 혈혼마제를 바라보았다.

"저들을 살리고 싶은가?"

혈혼마제는 무표정한 얼굴로 단천호를 바라보았다.

"뭐. 굳이 말하자면 그렇지?"

혈혼마제의 입가에 미소가 피어났다.

"그렇다면 바라는 대로 해 주지. 우리는 추격하지 않겠다."

단천호는 얼굴을 굳혔다.

혈혼마제가 하는 말이 무슨 뜻인지 알 수 있었기 때문이다.

"이거 과한 대접인데?"

"과하지 않다."

단천호는 어깨를 으쓱했다.

"이 많은 인원이 나 하나를 노리고 달려들어 준다는데

과하지 않다고?"

혈혼마제는 고개를 끄덕였다.

"너는 그만한 가치가 있는 남자다."

"나는 남자한테는 관심이 없어."

혈혼마제의 표정은 조금도 변하지 않았다.

"그런 점은 마음에 들지 않지만 아무래도 좋다. 네가 쓰러진다면 남은 의천맹은 우리의 상대가 되지 못한다. 지금의 전투로 확실해졌지."

단천호는 쓴웃음을 머금었다.

은근히 날카로운 면이 있었다.

"뭐. 내가 있다고 해도 딱히 상대가 되는 건 아니지만 말이지?"

"그렇다."

"그런데도 나는 꼭 잡아야겠다고?"

혈혼마제의 눈이 빛났다.

"너는 혈선을 모독했다."

단천호는 한숨을 쉬었다.

이 지긋지긋한 광신도들을 어떻게 해야 할까?

"굉장한 이유로군."

"혈천에게 그 이상의 이유란 존재하지 않는다. 너는 하지 말아야 할 짓을 했다."

혈혼마제는 진심으로 분노하고 있었다.

단천호는 그런 혈혼마제의 기분을 대충 이해할 수 있었다.

한때는 단천호 역시 그랬으니까.

단천호는 슬쩍 고개를 돌렸다.

덕분에 의천맹은 성공적으로 퇴각을 했다.

'성공적?'

단천호는 스스로의 생각을 비웃었다.

뭐가 성공적이란 말인가?

이 넓은 평원이 피로 물들었다.

못해도 수백에 달하는 인원이 쓰러졌다.

단천호가 예상했던 피해는 삼백. 하지만 실제적인 피해는 삼백을 훨씬 넘어섰다.

의천맹의 특성상 아무리 다급해도 부상자를 놓고 도주하지는 않았을 것이다. 그렇다면 이곳의 피해가 전부라고도 할 수 없었다.

대패.

변명의 여지조차 없는 대패였다.

마흔을 취하고 열 배가 넘는 피해를 입었다.

그리고 그 피해의 대부분은… 주전력이라고 할 수 있는 구파에서 나왔다.

그리고…….

단천호의 눈이 천천히 주변을 훑었다.

의천맹을 쫓느라 사방으로 산개했던 혈천의 마인들이 단

천호를 중심으로 커다란 원진을 만들고 있었다.

'천라지망은 아니지만……'

분명 드넓은 곳에 펼쳐진 천라지망은 아니었다.

뚫고 갈 곳이 확실하게 보이는 작은 포위망에 불과했다.

문제는 포위한 인원이 사백을 넘는다는 것이고, 그 포위망을 구축한 것이 다름 아닌 혈천이라는 점이었다.

단천호는 천천히 고개를 들어 하늘을 올려다보았다.

"아직은 아니지."

아무리 절망적인 상황일지라도 아직은 아니다.

단천호가 죽을 곳은 여기가 아니다.

아직 물어보지 못한 것이 남아 있었다.

그러니까 아직은 죽을 수 없다.

또한……

혈천이 멈추어 준 덕분에 의천맹의 전력은 보존할 수 있었다.

하지만 단천호가 준비해 둔 여러 가지 수 역시 사용할 수 없게 된 것은 똑같았다.

이대로 끝난다면 이곳에서의 전투는 패배 그 이상이 되지 못한다.

그렇다면 단천호가 해야 할 일은 하나밖에 없지 않은가?

단천호의 눈이 차갑게 빛났다.

"그래서. 나를 막아 보겠다는 건가, 혈천?"

단천호의 말에 혈혼마제는 비웃음을 입가에 띠웠다.

"너를 막겠다는 것이 아니라 죽이겠다는 것이다."

"그럼 해 봐."

단천호의 어깨가 천천히 펴졌다.

동시에 폭풍과도 같은 투기가 사방으로 뻗어 나갔다.

혈혼마제의 안색이 대변했다.

"이, 이건……."

당황할 수밖에 없었다.

단천호가 뿜어내는 투기. 그리고 살기.

그것은 혈천의 무공을 익혔을 때 나타나는 특징과 너무도 닮아 있었다.

"대체……."

혈혼마제가 놀라는 것도 당연했다.

마인이 마기를 뿜는 것은 놀랄 일이 아니다.

하지만 지금 단천호가 뿜어내는 투기는 마기와는 본질적으로 달랐다.

오로지 혈천의 무공을 익혔을 때 뿜어낼 수 있는 정제된 살기인 것이다. 그런데 어떻게 정파의 후예인 단천호가 이러한 투기를 뿜어낼 수 있단 말인가?

"넌 대체 누구냐?"

단천호는 웃었다.

혈혼마제가 그에게 묻고 있다.

그가 누구냐고.

그는 기억하지 못하겠지.

하지만 과거에는 그 역시 단천호의 앞에 오체투지하던 자에 불과했다.

혈천의 태양.

그것이 바로 단천호였다.

단천호는 알고 있다.

지금은 과거와는 다르다. 과거에는 그의 부하였던 혈천이 지금은 단천호를 노리고 있었다.

의지하지 않았다고 생각했지만 막상 건너편에 서 보니 등을 받쳐 주던 이들이 얼마나 든든했던 존재였는지 알게 된다.

강호 사상 최강의 무력 단체.

단일 단체로서 최초로 천하를 통일했던 곳.

그렇기에…….

"나 역시……."

단천호는 입가 가득 미소를 피워 올렸다.

"사실 바라 왔는지도 모르지."

혈천에 속해 천하와 싸울 때도, 다시 태어나 수많은 곳과 싸울 때도 풀리지 않는 갈증이 있었다.

혈천.

혈천에 속해 있었기에 그는 혈천과 싸울 수 없었다.

그 어느 곳도 비교될 수 없는 최강.

더 강한 상대를 열망하는 것은 무인의 당연한 본능.

단천호의 몸이 가볍게 떨렸다.

두려워서 떠는 것이 아니다.

전신 가득 희열이 피어나고 있었다.

항상 억눌러 왔었다.

혈천은 함께 걸어가야 할 이들이었으니까.

허나 마음 한편에서는 항상 이 순간을 바라 왔었다.

단천호의 몸에서 뿜어져 나오는 투기에 단천호의 긴 머리카락이 휘날렸다.

혈혼마제는 그런 단천호를 바라보며 얼굴을 굳혔다.

"정말 이해할 수가 없군. 아무래도 좋다."

그의 무공이 어디에서 연유되었는지는 중요한 것이 아니다. 중요한 것은 그가 혈천의 적이란 것. 적은 쓰러뜨린다. 그것이 혈천이다.

"넌 결코 이곳에서 살아 나가지 못할 것이다."

85
장
—

단천호 분노하다

"이건?"

육문극은 발을 멈췄다.

그의 얼굴은 땀으로 완전히 젖어 있었다. 파천마와의 격전. 그리고 쉴 새 없이 이어진 혈천의 전사들과의 격전.

연이은 격전이 육문극의 체력을 완전히 앗아가 버린 것이다.

그런 상황에서 아군을 지키며 퇴각까지 해야 했으니 육문극이 이토록 지친 것도 당연했다.

"뭐지?"

육문극은 당황했다.

등 뒤를 쫓아오면 금방에라도 등판에 마수를 쑤셔 넣을

것 같던 혈천의 마인들이 약속이나 한 듯 모두 멈춰 버렸다.

육문극은 고개를 돌렸다.

무슨 일이 벌어지고 있는지 알아야 했다.

그리고 육문극의 입이 천천히 벌어졌다.

"이게 대체 무슨!"

"맹주!"

모용민이 육문극에게 다가와 소리쳤다.

"뭐하는 겁니까! 퇴각하십시다!"

육문극의 모용민의 호통에 고개를 돌렸다.

"퇴각이요?"

"시간을 끌면 피해만 커집니다!"

"하지만⋯⋯."

육문극은 그가 보고 있는 곳을 가리켰다.

"어떻게 저걸 보고도 퇴각할 수 있습니까?"

모용민이 육문극의 손을 따라 고개를 돌렸다.

그리고 모용민의 얼굴도 딱딱하게 굳었다.

"천호야⋯⋯."

모용민의 눈에도 똑똑히 보였다.

오백에 달하는 혈천에게 둘러싸여 있는 단천호가.

혈천은 그들을 쫓지 않기로 결심했는데 아예 등을 돌려 버린 채 단천호만을 노리고 있었다.

"저걸 두고 퇴각하자는 말씀입니까?"

"……."

모용민은 잠시 머뭇거렸다.

하지만 이내 고개를 끄덕였다.

"가십시다."

"무상!"

"지금 여기서 이럴 때가 아닙니다! 가십시다!"

"하지만 단 공자가 위험하지 않습니까!"

"천호는 잘 알아서 할 겁니다! 그러니까 지금은 퇴각해야 할 때입니다."

"어떻게!"

육문극의 날카로운 목소리에 모용민이 입을 닫았다.

"겪어 보지 않았습니까, 저들의 무서움을!"

"……."

"아무리 단 공자라고 해도 저들을 동시에 상대할 수 있을 리가 없지 않습니까! 몸을 빼내는 것조차 불가능할 겁니다!"

모용민 역시 모르는 바가 아니었다.

혈천의 무서움은 상상을 초월했다.

막연히 생각해 왔던 수준의 강함이 아니었다.

모용민은 적들이 아무리 강하다고 해도 최소한 맞서 싸울 수준은 된다고 생각했다.

그래서 단천호와 제갈군이 이 말도 안 되는 전술을 내놓았을 때, 헛웃음을 지었다. 내심 그들이 너무 과한 것이 아닌가 하는 생각도 했다.

하지만 이젠 안다.

이 전술은 절대 과한 것이 아니다.

만약 단천호가 지금까지 하던 대로 무작정 전투를 벌였다면 의천맹은 순식간에 전멸했을 것이다.

모용민조차 수없는 상처를 입었다.

일개 마인을 상대하며 이렇게까지 쩔쩔 맬 줄은 상상도 못했다.

혈천 자체보다는 혈천의 뒤에 있을 혈선에 대한 대비가 더 시급하다고 생각했던 모용민이다.

하지만 인정해야 했다.

의천맹은 혈선은 커녕 혈천조차 감당하지 못한다.

'그것도 절반의 전력으로만······.'

소름 끼치는 현실이었다.

더욱 공포스러운 것은 단천호가 혈천 자체보다 더 두려워하는 혈선은 아직 그 모습조차 보이지 않았다는 것이다.

그렇기에······.

지금은 후퇴해야 할 때였다.

이 전투가 끝이 아니다.

의천맹은 지금부터 이 끔찍한 전투를 몇 번이고 더 겪어야 한다.

저 혈천을 막아 내야 하는 것이다.

의천맹이 혈천을 막아 내지 못한다면 중원은 거기서 끝이었다.

그러니 전력을 낭비할 수는 없지 않은가?

단 한 명의 무인이 소중했다.

"그래도 지금은 가야 합니다."

"무상!"

"아시잖습니까! 단 한 명도 헛되이 버릴 수 없습니다! 지금도 이미!"

모용민은 뒷말을 잇지 못했다.

지금도 이미 충분히 죽었다.

안 그래도 거대했던 혈천과의 격차가 더욱 늘어난 것이다.

그런데 지금 혈천을 향해 달려든다?

그걸로 끝이다.

중원의 미래는 그 순간 끝나는 것이다.

"모용 역시 피해를 입었습니다. 나 역시 이대로 물러나고 싶지 않습니다! 그러나 지금은 물러날 때입니다!"

"나라고 그걸 모르겠습니까?"

"그런데 뭘하는 겁니까! 아무리 산개해서 후퇴한다고 해도 맹주의 움직임이 그것에 큰 영향을 줄 수 있다는 것을 모르는 겝니까?"

"압니다!"

"맹주!"

육문극은 한숨을 쉬고 말했다.

"한 명의 맹도도 잃어서는 안 되겠지요."

"그렇습니다."

"그럼 단 공자는요?"

"……."

모용민은 입을 다물었다.

"단 공자가 없는 의천맹이 저들을 맞아 싸울 수 있습니까?"

"그건……."

모용민은 대답하지 못했다.

물론 전력을 보존하는 것은 중요하다.

하지만 단천호는 그 전력 전체보다 더 중요했다.

단천호가 없는 의천맹은 저들에게 있어서 어떠한 위협도 되지 못한다는 것을 이미 경험했지 않은가?

저들도 그것을 알기 때문에 굳이 의천맹을 추격하지 않는 것이다.

"저들 역시 단 공자를 의천맹 전체보다 더 위험한 적으로 간주했습니다. 우리 역시 알고 있어요! 의천맹이 괴멸되고 단 공자가 살아 있다면 희망이 있겠지만 단 공자가 희생

되고 의천맹이 살아남는다면 희망이 있겠습니까?"

"약한 소리 하지 마십시오! 당신은 맹주입니다!"

육문극은 단호했다.

"내가 맹주가 아니었다면!"

"……"

"그럼 고민하지 않았을 겁니다! 단 한 명의 목숨을 위해서 수백, 수천을 희생시킬 수는 없으니까요! 하지만 나는 맹주입니다! 그래서 고민할 수밖에 없습니다! 모르시겠습니까? 지금 단 공자의 가치는 의천맹 전체보다 우선합니다!"

모용민은 육문극의 눈을 똑바로 보았다.

육문극의 눈은 격정에 차 있지도 않았고 흥분한 것 같지도 않았다.

그는 정말 지금 사태를 냉정하게 보고 있는 것이다.

하지만……

단천호의 가치가 의천맹 전체보다 크다는 것은 너무 과한 말이 아닌가.

"말이 심하십니다!"

"심하지 않습니다. 방금 겪어 보았지 않습니까! 저들은 상식을 초월하는 이들입니다!"

"……"

모용민은 반박할 수 없었다.

다섯 배였다.

그것도 천하에서 가장 강한 무인들로 구성된 무인들이었다.

각 파의 정예를 모으고 모아 걸러 낸 이천오백의 무인이었다. 그런 이들이 일패도지했다.

더욱 절망적인 것은 이 모든 일이 순식간에 벌어졌다는 점이다.

버텨 내며 밀린다면 희망이 있다.

저들도 인간인 이상 체력의 한계가 있을 터이고 그렇다면 시간을 끌고 싸우는 방법을 택할 수 있을 테니까.

하지만 지금의 전투는 그것마저 해내지 못한 전투였다.

의천맹은 혈천을 막아내지도 못한 것이다.

이것이 의미하는 것은 아주 간단했다.

의천맹의 수는 혈천에게 위협이 되지 못한다.

무공에서 이기지 못하는데 수조차 도움이 되지 못하는 것이다.

"자신 있으십니까?"

모용민은 육문극을 바라보았다.

무슨 소리를 하는 걸까?

"저 혈혼마제라는 자를 이기실 수 있겠습니까?"

"……."

모용민은 고개를 저었다.

"어렵겠죠."

"저 역시 마찬가지입니다. 그럼 어쩌시겠습니까? 우리가 저들에게 이길 수 있는 부분은 단 하나뿐입니다. 단천호 공자! 그라면 그들을 상대할 수 있겠죠. 이건 중요한 요소입니다! 활용할 수 있는 패가 있는 것과 없는 것의 차이를 모르시지는 않겠죠? 국지전에게 이길 수 있는 요소가 단 하나만 있어도 천운을 기대할 수 있습니다. 하지만 그 하나의 강점마저 잃어버리는 순간……."

육문극은 마른침을 삼키고 말을 이었다.

"중원은 끝나는 겁니다!"

모용민은 고개를 끄덕였다.

안다.

육문극이 하는 말이 무엇인지 충분히 알고 있다.

하지만…….

모용민은 긴 한숨을 내쉬고 입을 열었다.

"그래도 어쩔 수 없습니다. 퇴각해야 합니다."

"무상!"

"그럼 어떻게 하시겠습니까?"

"무슨 소리입니까?"

모용민은 이를 악 물었다.

가장 하고 싶지 않은 말이었다. 하지만 해야만 하는 말이었다.

"지금 의천맹의 전력으로는 불가능합니다."

"……."

육문극은 멍한 눈으로 모용민을 바라보았다.

"우리는 저기에서 천호를 빼내는 것조차 할 수 없습니다. 그게 지금 의천맹의 현실입니다."

"……."

육문극은 간절한 눈으로 모용민을 바라보았다.

모용민은 육문극의 시선이 무엇을 의미하는 줄 알았다.

하지만…….

결과는 달라질 것이 없었다.

"설령……. 가능하다 하더라도……."

모용민은 무거운 탄식을 토해내었다.

"지금은……. 무리입니다. 명령선이 무너졌습니다. 뿔뿔이 흩어져서 퇴각하는 이들을 통제하여 작전을 펼치는 것은……."

육문극은 천천히 고개를 돌렸다.

그곳에는 오백의 마인에게 둘러싸인 단천호가 있었다.

오백의 마인.

현재 의천맹의 전력으로는 그곳의 한 축을 무너뜨리는 것조차 불가능했다.

"빌어먹을……."

육문극의 입에서 육두문자가 튀어나오고 말았다.

이게 뭐란 말인가.

이게 대체 뭐란 말인가!

이렇게 되어 버리면 너무도 허무하지 않은가?

평생을 무에 바쳐 온 그들의 인생이 너무도 허무해져 버리지 않느냐 말이다.

"우리는 우리가 할 수 있는 것을 해야 합니다……."

"그게 퇴각이란 말입니까?"

"……전력을 보존하는 겁니다. 그것 외에는 할 수 있는 것이 없으니까요."

"그게!"

그때 한 사람의 목소리가 육문극의 말을 매정하게 자르고 들어왔다.

"퇴각해야 합니다."

육문극의 고개가 거칠게 돌아갔다.

참지 못하고 한 소리 내뱉으려는 것이다.

하지만 육문극은 아무 말 할 수 없었다.

당연한 일이다.

그 말은 한 이는 단무성이었으니까.

"총사……."

단무성은 무겁게 고개를 끄덕였다.

"방법이 없습니다. 아니, 방법이 있다고 해도 희생이 너무 큽니다. 그런 희생을 감안하여 하나를 살린다고 뭐가 나아지겠습니까."

"……."

"그렇다면 더 많은 목숨을 조금이라도 더 살리는 방법을 택해야지요."

"총사……."

육문극은 더 이상 말을 잇지 못했다.

단무성의 주먹에서 흘러내리는 핏줄기를 보았기 때문이다.

얼마나 강하게 움켜잡았는지 손톱이 손바닥을 파고들어 피가 흘러내리고 있는 것이다.

자식을 버리자고 하는 아버지의 마음이 어떠한 것인지 누가 알 것인가?

육문극은 짐작조차 할 수 없었다.

"허나……."

"이러고 있을 시간이 없습니다. 천호가 쓰러지면 다음 목표는 우리가 될 겁니다. 그전에 거리를 확보해야 합니다."

육문극은 깊은 탄식을 토해내었다.

천하에서 가장 단천호를 경계했던 이가 바로 육문극이다.

육문극은 단천호를 막기위해 천하를 거대한 전쟁의 소용돌이로 몰아넣었다. 지금 생각하면 어처구니가 없는 일이지만 당시에는 그것말고 방법이 없다고 느꼈다.

그런데 지금은 육문극만이 단천호를 구하려 하고 있다.

이 얼마나 우스운 상황인가?

하지만 육문극은 웃지 못했다.

단천호를 버리고 가자는 말을 해야 하는 이들의 마음이 어떤지 짐작할 수 있었기 때문이다.

"그래야지요……. 가십시다."

육문극은 힘겹게 발을 떼었다.

그때 육문극의 귀에 한 사람의 목소리가 들려왔다.

"방법이 있습니다."

육문극의 고개가 휙 돌아갔다.

말을 한 사람을 발견한 순간 육문극의 얼굴에 희열이 떠올랐다.

육문극은 참지 못하고 소리쳐 그를 불렀다.

"문상!"

＊　　　　　＊　　　　　＊

단천호는 입술을 축였다.

마인들이 내뿜는 기운이 단천호를 억눌러왔다.

숨이 막힐 것 같은 투기.

심장을 옥죄어 오는 살기.

단천호를 상대했던 이들이 지금까지 느꼈을 기분을 지금 단천호가 느끼고 있었다.

단천호는 웃었다.

살기에 피부가 찢겨나갈 것만 같았다.

투기에 폐가 터져나가는 기분이었다.

이런 압박을 언제 느껴보았던가?

육문극과 겨뤘을 때?

아니면 대승정의 아득한 내공 앞에 섰을 때?

아니.

그런 것들과는 본질적으로 달랐다.

이 압박감은 무공에서 오는 것이 아니었다.

상대를 반드시 격살하겠다는 의지.

오로지 그 한 가지 의지에 자신의 모든 것을 담아낼 때 뿜어낼 수 있는 가장 순수한 기운이었다.

그래서 즐겁다.

최강의 적에게 자신의 모든 것을 부딪혀 싸울 수 있다는 것.

단천호가 결코 오지 않기를 바랬던 순간이자 너무도 기다려왔던 순간이다.

단천호는 혈혼마제를 바라보았다.

"시작할까?"

혈혼마제는 고개를 끄덕였다.

그때였다.

콰아아앙!

혈혼마제에게 거대한 강기가 날아들며 폭발했다.

거대한 먼지구름이 일었다.

단천호는 양손을 늘어뜨린 채 그 광경을 바라보았다.

단천호가 만들어 낸 광경이 아니었다.

먼지구름이 천천히 걷히고 얼굴을 딱딱히 굳힌 혈혼마제가 드러났다.

"이게 뭐하는 짓이지?"

혈혼마제의 시선이 닿은 곳에는 파천마가 얼굴을 일그러뜨리고 있었다,

"내 먹잇감에 손대지 마."

혈혼마제가 이를 드러냈다.

"멍청한 놈이⋯⋯."

"누가 끼어들라고 했지? 경고했지? 나를 긁지 말라고 말이야. 더 이상 날 귀찮게 하면 네놈부터 지옥구경을 시켜주지."

"이 반 푼짜리가 죽고 싶어서 발악을 하는구나!"

"반 푼짜리?"

파천마가 이를 드러냈다.

"생각이 바뀌었다. 너부터 죽여주지."

단천호는 파천마를 바라보았다.

확실히 그는 불안정해 보였다.

욕망이 이성을 추월하고 있다.

혈선은 왜 굳이 천혈광마를 만들어 낸 것일까?

그가 없어도 중원정복에는 큰 문제가 없었을 것이다. 그런데 굳이 저런 불안요소를 만들어야 했을까?

혈혼마제의 우수가 들렸다.

"언젠가는 네놈이 사단을 낼 줄 알았다."

"사단? 크크크큭. 아직 일은 시작도 하지 않았어. 네 머리통이 바닥에 구를 때 그때가서야 비로서 사단이라고 할 수 있지."

"이……."

그때 혈혼마제를 만류하는 이가 있었다.

"혈혼마제님."

"뭐냐!"

"혈선의 말씀을 잊지 마십시오."

"음."

혈혼마제는 손을 내렸다.

그리고 못마땅한 얼굴로 파천마를 보며 입을 열었다.

"네 마음대로 해라."

"큭. 그래야지."

단천호는 피식 웃었다.

그리고 혈혼마제를 보며 입을 열었다.

"그래도 교주 아닌가? 너무 무시하는군."

혈혼마제는 단천호를 비웃었다.

"무슨 개소리를 하는 거냐."

"······?"

"너 역시 혈천을 자세하게 알지는 못하는군. 우리에게 교주 같은 건 없다."

"뭐?"

단천호는 파천마를 보았다.

교주가 아니라고?

그럼 파천마가 단천호를 대신하는 자가 아니란 말인가?

그럼 파천마는 뭔가?

아니, 그럼 과거의 단천호가 있었던 자리에 누가 있단 말인가?

"교주가 없다고?"

"멍청한 놈. 혈천의 모든 것은 혈선에게서 나오고 혈선에게서 끝난다. 그런데 교주라는 어처구니 없는 자리가 가능이나 할 것 같으냐?"

"······."

단천호의 안색이 굳었다.

그럴 리가 없다.

아무리 달라졌다고 해도 그건 단천호가 되돌아온 이후에 틀어진 것들이다.

그런데 원래 있었을 자리가 없어졌다고?

그럼······.

"설마……."

과거 혈천이 중원을 침공하지 않았던 이유.

그게 혹시 단천호의 성장을 기다리기 위해서였던 걸까?

그렇게 생각하면 어느정도 아귀가 맞아 떨어진다.

과거의 혈천에게 가졌던 가장 큰 의문.

그것은 혈천이 이미 천하를 제패할 힘을 가졌음에도 움직이지 않았다는 점이다.

하지만 만약 그것이 단천호 때문이었다면…….

그 이상하기만 했던 기다림이 가능해진다.

하지만 왜?

단천호의 성장을 기다려야 할 이유가 있는가?

어째서?

그럴 이유가 없지 않은가!

그때였다.

쾅!

단천호는 자신에게 날아온 강기를 바닥으로 쳐냈다.

강기가 바닥과 부딪히며 거대한 폭발을 일으켰다.

단천호의 머리카락이 휘날렸다.

단천호의 눈이 파천마에게로 향했다.

"크큭."

"성질이 급한 놈이군."

아무래도 좋다.

과거는 그저 과거일뿐이니까.

지금 중요한 것은 그게 아니다.

지금 단천호에게 중요한 것은……

단천호는 어깨를 폈다.

그리고 파천마를 바라보았다.

"나를 상대하겠다고?"

"크흐흐."

단천호는 미소를 지었다.

"그럼 뭘 망설이고 있나?"

팟!

단천호의 말이 끝나기가 무섭게 파천마가 단천호에게로 달려들었다.

앞으로 뻗어지는 일 수!

파천마의 무공은 체계가 없어 보였다.

과거 검으로 천하제일 후기지수 자리를 차지했던 남궁의 룡을 생각해본다면 어이없는 공격에 가까웠다.

하지만 그 정제되지 않은 일 수에는 태산을 무너뜨릴 거력이 실려 있었다.

단천호는 자신에게 날아드는 파천마의 주먹을 향해 우수를 내밀었다.

빙글!

동시에 파천마의 몸이 허공을 돌았다.

이화접목.

손목을 살짝 비트는 것만으로 파천마의 몸이 허공을 돈다. 거기에 이어지는 가벼운 일수.

상대가 날아드는 힘을 가볍게 틀어막는 것으로 충분하다.

분출되지 못한 힘이 파천마의 내부로 파고 든다.

스스로의 힘에 스스로가 피해를 입는다.

이것이 이화접목의 최고봉인 것이다.

하지만 상황은 단천호의 예상은 한참 엇나가고 말았다.

콰아아앙!

단천호의 몸이 뒤로 튕겨지듯 날아갔다.

허공을 몇 번이나 돌아 겨우 힘을 해소시킨 단천호가 바닥에 내려 섰다.

그리고 살짝 굳은 얼굴로 파천마를 바라보았다.

단천호의 이화접목은 완벽했다.

단천호에게 날아든 파천마의 기운이 고스란히 파천마에게 되돌아 갔을 것이다.

그럼에도 단천호가 피해를 입었다.

연이어 뿜어져 나온 파천마의 기운이 처음 발출했던 기운을 잡아먹고 단천호에게까지 날아든 것이다.

'뭐가 어떻게 생겨먹은 놈이야.'

불가능한 일은 아니다.

연이은 공력의 발출은 그렇게 어려운 것이 아니었으니까.

문제는 두 번째로 뿜어낸 공력이 첫 공격의 기운보다 훨씬 강했다는 점이다.

처음에 파천마가 뿜어냈던 공력도 이미 상상할 수 없는 수준이었다.

조금 전 격돌했을 때도 이정도는 아니었다.

'싸울수록 강해진다라……'

단천호는 이제 그 말이 무슨 의미인 줄 알 수 있었다.

처음 충돌했을 때 단천호가 느낀 것은 가공할 내공이었다. 단, 그 내공은 혼탁하기 그지 없었다.

정제되지 않은 내공.

흡정을 사용하는 자가 가진 한계였다.

그런데 지금 파천마의 내공은 조금 전과는 또 달랐다.

좀 더 정제된 느낌.

상식적으로는 불가능한 일이다.

파천마는 혜정 신니의 내공을 흡수했다. 그렇다면 좀 더 혼탁해져야 말이 된다. 이질적인 기운이 하나 더 섞였으니까.

그런데 정제되었다.

그렇다면 둘 중 하나.

시간이 흐르면 알아서 정제되던가.

아니면 전투를 통해 내공을 정제하던가.

천혈광마의 전설.

전투가 이어질수록 더욱 강해진다는 괴물.

단천호는 지금까지 그것을 단순히 흡정대법에 대한 설명으로 이해했다.

하지만 아니었다.

천혈광마는 흡수한 내공을 전투를 통해 정제할 수 있었던 것이다.

"진짜 마물이군."

"크큭. 칭찬인가?"

"뇌까지 퇴화한 건가?"

"크하하하하하하핫!"

천혈광마의 광소가 대지를 쩌렁쩌렁 울렸다.

단천호는 한숨을 쉬었다.

조금 전 그는 분명 육문극과의 전투에 애를 먹었다.

상성이 어느정도 작용했다고는 하나 그것을 감안하고도 결코 위협적이지 못한 수준이었다.

그런데 단천호와 격돌했을 때는 단천호를 바닥에 처박아 버릴 정도의 힘을 발휘했다.

그리고 이번에는 그 대책을 세운 단천호마저 날려버렸다.

단천호는 인정했다.

그의 오산이었다.

이 괴물은 단순히 이화접목의 이치를 적용한다거나 빈틈을 찌른다고 상대할 수 있을 정도로 만만하지 않았다.

그렇다면 어떻게 해야 하는가?

단천호가 입을 열었다.

"남궁의룡."

"……그 이름은 버렸다!"

"그래. 그랬었지."

단천호는 고개를 끄덕였다.

"그래. 파천마."

단천호에게 파천마는 그저 욕망에 눈이 멀어 모든 것을 버린 배덕자에 지나지 않았다.

그렇기에 그를 무시했다.

하지만 이젠 아니었다.

이정도의 힘을 얻는 것이 그냥 가능할 리가 없었다.

분명 천혈광마가 되는 길은 상상할 수도 없는 고통과 고난이 함께했을 것이다.

마성에 잡아먹히기 전까지 파천마는 어떤 의지로 그것을 이겨냈을까?

"슬프군."

단천호는 차가운 눈으로 파천마를 바라보았다.

그의 선택은 잘못되었다.

그것만은 확실했다.

그는 마성에 사로잡혀 자신의 아버지를 죽였다.

이미 이곳에 있는 이는 남궁의룡이 아니다. 그의 찌꺼기를 안고 있는 괴물일 뿐이었다.

"네가 원한 게 이것이었나?"

"내가 원한 것은 힘. 오로지 힘뿐이다."

"넌 그때도 충분히 강했다."

"크하하하하핫! 웃기지 마라 단천호! 나는 기억한다. 그 순간을. 그 개 같았던 순간을 말이다! 네 힘 앞에 나는 숨도 쉬지 못했지. 하지만 이제 다르다! 난 너와 대등하다! 아니! 난 너를 넘어섰다. 나는 이 순간을 위해 모든 것을 버렸다. 남궁이라는 성도! 가족도! 그리고 나 자신까지! 지옥 같은 고통의 끝에서 기어올라 왔을 때 내 머릿속에 남은 것은 오로지 너 하나였다!"

단천호는 고개를 끄덕였다.

힘을 얻기 위해 모든 것을 버렸다.

하지만…….

남궁의룡이라면.

파천마가 아닌 남궁의룡이라면.

지금 그가 가진 힘에 순수하게 기뻐할 수 있을까?

단천호는 천천히 양 팔을 벌렸다.

"나 때문에 시작된 일이었다면."

단천호의 몸 주위해 새하얀 빛무리가 어리기 시작했다.

그리고 그 빛무리들은 천천히 뭉쳐 들며 작은 공의 형상들을 만들기 시작했다.

광륜.

단천호의 몸 주위에 수십 개의 광륜이 생겨났다.


광륜무(光輪舞).


단천호의 몸 주위에 생겨난 광륜들이 춤추듯 단천호를 감싸고 돌기 시작했다.

"내가 끝내 주마!"

"크아아아앗! 단천호오오오!"

파천마가 단천호를 향해 달려들었다.

그의 붉게 충혈된 눈에 단천호의 형상이 비춰졌다.

"파천마!"

"단천호!"

둘은 서로를 향해 달려들었다.

단천호는 몸 주위에서 세 개의 광륜이 광포한 기세로 튀어 나갔다.

파아아앙!

대기를 찢어발기며 세 개의 광륜은 파천마의 육체를 강타했다.

콰콰쾅!

광륜이 터져나가며 빛이 사방으로 뿜어져 나갔다.

하지만 파천마는 멈추지 않았다.

상의는 가루가 되어 날아가고 하의는 넝마조각처럼 찢겨 졌지만 파천마의 육신은 손상되지 않은 모양이었다.

다시 다섯 개의 광륜이 파천마에게로 날아들었다.

"크하하핫!"

파천마의 양손에 검은 기운이 뭉쳐들었다.

그리고 그 검은 기운은 날아드는 단천호의 광륜과 그대로 충돌했다.

거대한 폭음과 함께 광륜이 튕겨 나간다.

단천호는 광륜을 회수하며 전방으로 돌진했다.

"파천마!"

단천호의 우수가 앞으로 뻗어진다.

파천마 역시 주먹을 뻗었다.

콰아아앙!

둘의 주먹이 허공에서 충돌한다.

천붕지음이 터져 나왔다.

충격파만으로 바닥이 패일 정도였다.

하지만 그게 끝이 아니었다.

단천호와 파천마는 재차 주먹을 휘두르며 서로를 공격해 들어갔다.

쾅! 콰쾅!

단천호의 주먹이 파천마의 턱을 노리고 파천마의 주먹이 단천호의 명치로 파고든다.

무극이라는 지고한 경지에 오른자.

강호의 전설인 천혈광마.

역설적이게도 이 둘의 싸움은 너무도 원시적이었다.

광륜을 머금은 단천호의 주먹이 파천마의 머리를 후려친다.

콰앙!

파천마의 머리가 뒤로 젖혀졌다.

하지만 그게 다였다.

파천마는 단천호의 광륜을 머리로 받으면서도 공격을 멈추지 않았다.

"크하하핫!"

피범벅이 된 얼굴로 광소를 터뜨리는 파천마는 말 그대로 지옥에서 기어올라온 악귀와도 같았다.

파천마의 우수가 단천호의 턱을 향해 찔러들어온다.

하지만 단천호의 광륜이 그것을 막아낸다.

"크아아아!"

퍼엉!

광륜이 파천마의 주먹에 실린 힘을 감당하지 못하고 그대로 터져나갔다.

연이어 단천호의 몸주위를 호위하던 광륜들이 파천마를 향해 날아들었다.

파천마의 육체에 검은 기운이 뭉글뭉글 뿜어져 나온다.

그리고 그 기운들이 단천호의 광륜과 충돌했다.

콰콰쾅!

폭발.

검은 구름과 새하얀 빛무리가 어우러져 허공으로 솟구친다.

그야말로 장관이었다.

기운들이 천천히 사라지고 둘의 모습이 드러났다.

단천호의 입가로 한줄기 피가 흘러내렸다.

입 뿐이 아니었다.

단천호의 양팔은 압력에 이기지 못하고 시커멓게 변해있었다.

파천마의 몰골은 더욱 좋지 못했다.

오른쪽 어깨는 거의 뼈가 보일 정도로 패여 있었고 전신에 그와 비슷한 상처가 여러 개 나 있었다.

흘러내린 피가 바닥에 흥건히 고일 정도였다.

단천호는 광륜으로 자신을 보호할 수 있었지만 파천마는 그것이 불가능했다.

그 결과가 나타난 것이다.

하지만 놀라운 일이 일어났다.

파천마의 육체가 눈에 보일 정도의 속도로 빠르게 회복되기 시작했다.

살이 차오르고 시커먼 피가 순식간에 붉게 변한다.

단천호 역시 그 광경을 보았다.

이제는 괴물이라는 말조차 어울리지 않을 지경이었다.

"크, 크윽. 크아아아아아!"

하지만 고통마저 없앨 수는 없는 모양이었다.

파천마는 비명을 지르며 몸을 웅크렸다.

"끄으으으. 단천호오오오오!"

파천마의 괴성.

'닮았군.'

인정하고 싶지 않았다.

하지만 닮아 있다.

지금의 파천마는 과거의 단천호와 너무도 닮아 있었다.

파천마를 배덕자라 생각했다.

하지만 단천호는 뭐가 달랐는가?

파천마는 이성을 잃은 채로 혈선의 명에 따라 중원을 공격했다.

함께했던 친우를 죽였고 자신의 아버지를 죽였다.

하지만 단천호는?

단천호가 광천마이던 시절이라면 뭐가 달랐을까?

다를 것이 없었다.

아니, 오히려 단천호는 파천마만 못했다.

그라면 이성이 멀쩡히 살아 있어도 주저하지 않았을 테니까.

무엇이었을까?

대체 무엇이 단천호를 그리 극단적으로 몰아갔던 것일까?

"너는 무엇을 위해……."

호승심만으로 이렇게 될 수 있을까?

단천호는 무엇을 위해서 그랬던가.

단천호는 참을 수가 없었다.

파천마를 지켜보는 것만으로 과거의 자신을 보고 있는 것만 같았다.

"우오오오오! 단천호오오오!"

파천마가 다시 단천호에게로 달려들었다.

전신에서 검은 기류가 폭발하듯 뿜어져 나왔다.

그 사이에 운용할 수 있는 기운이 더 늘어난 것이다.

"파천마!"

"단천호오오오오!"

단천호는 이를 악 물었다.

"그걸로 좋은 거냐?"

파천마는 단천호의 말을 듣지 못한 듯 맹목적으로 돌진했다.

단천호는 처연하게 웃었다.

"이제 편하게 해 주마."

단천호의 양손이 천천히 벌어졌다.

그리고 다시 중앙으로 천천히 모였다.

그와 동시에 단천호의 몸 주위를 돌던 광륜이 한곳으로 일제히 모여들었다.

수십 개의 광륜이 회전하며 얽혀든다.

광륜(光輪).

광천포(光天砲).

거대한 폭발.

천하를 모두 집어삼켜 버릴 것만 같은 거대한 폭발이 일어났다.

단천호는 양팔을 천천히 늘어뜨렸다.

그리고 전방을 바라보았다.

마치 운석이라도 박힌 듯한 거대한 동공이 그의 눈앞에 자리하고 있었다.

그리고 그 동공의 한가운데 벌레처럼 꿈틀대는 파천마가 존재했다.

"끄으으윽."

파천마의 입에서는 신음이 새어 나왔다.

놀라운 생명력이었다.

양다리와 한 팔이 날아가고 가슴에 거대한 구멍이 뚫린 이가 아직 살아 있다.

단천호는 무심한 얼굴로 파천마에게 다가갔다.

"난!"

파천마의 입에서 고함이 터져 나왔다.

"난 잘못되지 않았다! 단천호오오오오!"

단천호는 고개를 저었다.

"넌 틀렸다."

"난 잘못되지 않았다."

단천호는 다시금 무겁게 고개를 저었다.

"넌……."

단천호는 한숨을 내쉬었다.

욕할 수 있을까?

잘못되었다고 할 수 있을까?

단천호가 할 수 있는 말일까?

그때 단천호와 파천마의 사이를 혈혼마제가 막아섰다.

"여기까지다."

"……."

단천호는 혈혼마제를 바라보았다.

"혈선께서는 아직 파천마의 죽음을 허하지 않으셨다."

단천호어 얼굴이 악귀처럼 일그러졌다.

"허락치 않았다고?"

"그렇다."

"항상 그랬지."

"……."

"항상 그런 식이었지! 항상 그렇게 누구도 없는 곳에 홀로 고고히 서서 모두를 조롱하듯 내려다보지!"

단천호의 고함 소리가 쩌렁쩌렁 울렸다.

"남궁의룡의 삶은 이게 아냐! 이렇게 살 이가 아니었다! 그런데 제 멋대로 타인의 삶에 끼어들어 멋대로 뒤틀어 놓고 이제는 죽음마저 허락하지 않는 거냐?"

"그것이 혈선의 뜻이다."

"누구도 인간의 죽음마저 관장할 수는 없어! 누구도 그럴 자격은 없어!"

"……."

"나도! 남궁의룡도! 그의 소유가 아니다! 그의 마음대로 움직이는 꼭두각시가 아니란 말이다!"

"그분은 그럴 자격이 있으신 분이다."

"같은 인간일 뿐이다!"

"그렇겠지."

"같은 인간을 신처럼 떠받드는 것이 그렇게도 유쾌한가!"

"그게 뭐 어쨌다는 거냐?"

"……."

혈혼마제는 무심히 말했다.

"같은 인간으로서 그런 경지에 올랐기에 존경할 수 있는 거다. 그가 애초에 신이었다면 우리 중 누구도 그를 따르지 않았을 거다! 그것이 얼마나 위대한 일인 줄 알기에 우리에게는 그분이 신인 것이다!"

"너 역시……."

단천호는 무겁게 내뱉었다.

"너 역시 그에게는 그저 소모품일 뿐이야."

"……."

"그는 방관자다. 세상을 조롱하는 자다. 너도, 나도 그저 그가 만든 무대를 채운 장난감에 불과하겠지."

단천호의 울분이 터져 나왔다.

"모든 것을 조롱하지! 세상도! 무공도! 이치도! 그리고 함께하려고 하는 자의 마음마저도!"

단천호는 바닥을 내려쳤다.

"그럼 너희는! 무엇을 위해 싸운 거냐! 나는!"

단천호는 힘없이 뇌까렸다.

"무엇을 위해……."

혈혼마제는 이해할 수 없다는 얼굴이었다.

그로서는 단천호가 하는 말이 무엇을 의미하는지 알 수 없을 것이다.

"혈선의 의지는 무엇보다 우선한다."

단천호는 웃고야 말았다.

"그래. 그렇겠지."

나 역시 그렇게 생각했지.

나 역시 그의 말에 모든 걸 걸었었다.

그를 위해서라면 목숨을 내놓는 것조차 두렵지 않았다.

그리고 배신당했지.

등 뒤에서 심장이 꿰뚫렸지.

그 지독한 배신감에 단 하루도 편히 잠든 적이 없다.

그 마음을.

그 상상할 수도 없는 절망감을……

"짐작이나 할 수 있겠어……"

단천호는 양손에 광륜을 만들어 냈다.

"비켜라."

"불가(不可)."

단천호는 웃었다.

"이 빌어먹을 운명이 왜 있는지 모르겠지만."

혈혼마제의 인상이 찡그려졌다.

아까부터 이자는 대체 무슨 말을 하고 있는 것인가?

"남궁의룡은 내가 만들어 낸 운명의 피해자다."

"……"

"내가 받았어야 할 고통을 대신 받는 거지."

"넌 대체……"

단천호의 얼굴이 악귀처럼 일그러졌다.

"그러니 적어도 그 고통을 줄여 주는 것이 내가 할 일이다! 그러니 비켜라! 지금 당장 내 앞에서 물러나라!"

"이......."

"당장!"

혈혼마제는 자신도 모르게 한 걸음 물러나고야 말았다.

그리고 경악하여 단천호를 바라보았다.

그가 타인의 명에 반응하다니.

혈선 이외에 누구도 혈혼마제를 이렇게 만든 이가 없었
다.

그런데 아군도 아닌 적이 내뿜는 위압감에 굴복하고 말
았다.

혈혼마제는 분노하지 않았다.

부끄러워하지도 않았다.

그저 경악했을 뿐이다.

"이해할 수 있겠어."

"......."

"왜 혈선께서 네놈에게 그렇게 신경을 쓰셨는지 말이
야."

단천호는 말 없이 혈혼마제를 바라보았다.

"넌 너무 위험한 놈이다. 난 오늘 반드시 너를 죽이겠
다."

단천호는 웃었다.

혈혼마제의 말이 너무도 우스웠기 때문이다.

단천호의 육체에서 광폭한 투기가 뿜어져 나왔다.

혈혼마제의 안색이 대변할 정도의 거대한 투기였다.

과거.

광천마의 이름으로 천하를 질타할 때 단천호가 뿜어내던 투기가 지금 단천호의 육체에서 고스란히 재연되고 있었다.

혈혼마제는 버텨 내지 못하고 크게 소리쳤다.

"쳐, 쳐라!"

그 말과 동시에 단천호에게 혈천의 마인들이 일제히 달려들었다.

단천호의 양손에 광륜이 맺혔다.

"기억날 리가 없어도 기억하게 해 주마."

단천호는 이가 드러나도록 웃었다.

"나의 공포를!"

86
장
—

단
천
호
패
배
하
다

광륜(光輪).

단천호의 독문무공이 빛을 내뿜었다.

단천호는 전방에 달려드는 마인을 향해 광륜을 집어 던지고 앞으로 달려들었다.

"우오오오!"

입에서 저절로 고함이 터져 나왔다.

단천호의 전신에 새하얀 빛무리가 어렸다.

광륜무(光輪舞)!

광륜이 단천호의 몸 주위를 춤추듯이 유영했다.

무극에 오른 단천호가 만들어 낸 지고의 경지가 바로 여기서 펼쳐지는 것이다.

반면 혈천의 무인들은 양손을 붉게 물들이며 단천호에게로 달려들었다.

단천호는 그것이 과거 단천호가 사용했던 혈마수와 비슷하다고 생각했다.

아니, 비슷하지만 뭔가 달랐다.

그래도 이상할 것은 없었다.

어차피 혈마수도 혈천의 무공을 기본으로 만들어 낸 것이니까.

단천호의 광륜이 전방으로 뿜어져 나간다.

수십 개의 광륜이 일제히 쇄도하는 모습은 아름답기까지 했다.

퍼퍼퍽!

광륜은 터지지 않고 달려드는 혈천의 마인들을 강타했다.

하지만 혈천의 마인들은 양손으로 광륜을 튕겨 내며 돌진했다.

단천호의 눈이 가늘어졌다.

무극에 올랐다고 하나 광륜 하나하나의 힘이 강해진 것은 아니다.

처음부터 광륜은 완성된 무공이었다.

단천호가 지금까지 내공을 쌓고 무공의 경지를 끌어 올

역천도

210

린 것은 활용할 수 있는 광륜의 수와 지속 가능한 시간을 늘린 것에 지나지 않았다.

무극에 올랐음에도 기본적으로 단천호의 무공은 광륜을 바탕으로 했다.

그 광륜이 통하지 않는다.

하나의 광륜으로는 혈천의 마인들에게 피해를 줄 수 없다.

그럼 한 명을 상대하면서 두 개 이상의 광륜을 동원해야 하는데 그렇게 한다면 단천호의 전신이 상대에게 노출되게 된다.

그건 좋지 않은 방법이었다.

또 다른 방법은 광륜을 폭파시키는 것이었다.

그것 역시 좋지 않았다.

광륜은 회전으로 기운을 뭉쳐 낸 것이다. 폭파시키는 순간 광륜에 모인 기운은 사방으로 비산한다.

무극에 오른 이후 그 기운 중 많은 부분을 회수할 수 있게 됐지만 한 번에 터지는 기운이 많으면 많아질수록 회수 가능한 기운은 줄어든다.

이러한 전투에서 무턱대고 광륜을 폭파시킨다면 결과는 뻔했다.

단천호가 먼저 말라비틀어질 것이다.

그나마 다행인 것은 저들 역시 단천호의 광륜을 파훼하

지 못한다는 점이었다.

광륜무는 최강의 공격이자 최강의 방어이기도 했으니까.

하지만……

문제는 단천호의 체력은 무한하지 않다는 것이었다.

더구나 이렇게 많은 인원을 동시에 상대하면서 시간을 끈다는 것은 자살행위나 마찬가지였다.

방법은 둘 중 하나였다.

위험을 감수하고 공격을 하던가, 아니면 위험을 피해 천천히 죽어 가던가.

싱긋.

단천호의 입가에 미소가 걸렸다.

단천호의 선택은 너무도 뻔했다.

우우우우우웅!

단천호의 몸 주위를 선회하던 광륜의 속도가 일시에 높아졌다.

외기가 단천호의 몸으로 미친듯이 빨려들며 단천호를 향해 바람이 몰아쳐 왔다.

"차앗!"

단천호의 입에서 기합성이 터지며 광륜이 폭발적으로 회전했다.

콰콰콰콰!

회전하는 광륜이 눈에 보이지도 않을 속도가 되자 마치

단천호가 거대한 기의 원 안에 들어간 듯한 형상이 되었다.

단천호는 그대로 돌진했다.

광륜의 소용돌이가 단천호 앞을 막아선 마인들을 휩쓴다.

"컥!"

"끄윽!"

광륜의 소용돌이에 휘말린 인원들이 넝마 조각처럼 찢겨져 사방으로 비산했다.

사방으로 튀어 오른 피가 마치 비처럼 떨어져 내렸다.

"하……."

단천호는 헛웃음을 지었다.

팔꿈치에서부터 잘려 나간 손이 단천호의 허벅지에 박혀 있었다.

단천호는 천천히 손을 내려 그의 허벅지에 파고든 손을 뽑아내었다.

육체가 찢겨 나가면서도 기어코 광륜의 벽을 뚫고 들어와 단천호의 우측 허벅지에 손을 박아 넣은 것이다.

이것은 생각이라기보다 본능에 가까웠다.

그것이 끝이 아니었다.

그들은 마치 두려움을 상실한 것처럼 회전하는 광륜의 소용돌이에 몸을 던졌다.

무모함.

그 외에는 설명이 불가능한 상황이었다.

하지만 그 무모함이 단천호를 압박했다.

"큭!"

옆구리가 길게 찢겨 나간다.

팔의 살점이 패여 나가고 등에 손가락이 파고든다.

그들은 자신의 목숨을 버려 가면서도 단천호에게 확실한 타격을 주었다.

이대로라면 단천호가 쓰러지는 것도 시간문제였다.

단천호는 자신을 향해 달려드는 마인들을 바라보았다.

그들의 눈에 어린 것은 투기.

보다 강한 자를 향해 물러서지 않고 달려드는 투기였다.

"하하핫."

단천호는 웃고 말았다.

"하하하하하핫!"

그래.

이래야 혈천이지.

이게 바로 혈천이라고!

기다렸어.

지금까지 난 이 순간을 기다려 왔다고!

단천호는 광륜의 소용돌이를 풀었다.

이대로라면 그가 먼저 지쳐 쓰러진다.

좀 더 효율적인 방식이 필요했다.

그가 가장 잘할 수 있는 방식. 그리고 가장 익숙한 방식의 전투.

단천호의 좌수와 우수에 광륜이 모여든다.

광륜이 뭉쳐 들어 맹렬하게 회전한다.

작게, 조금 더 작게.

마침내 광륜이 주먹 크기만큼 작아졌다.

단천호의 양손이 광륜에 둘러싸여 새하얗게 빛났다.

양손에 광천포를 운용한다.

광천포의 터져 나갈 듯한 기운을 갈무리해 양손에 머금는다. 무극에 오르지 못했다면 꿈도 꾸지 못했을 운용이었다.

단천호는 자신을 향해 달려드는 마인을 향해 우수를 뻗었다.

우수에 닿은 가슴에 마치 화포가 뚫고 지나간 듯한 거대한 구멍이 생겨난다.

가슴에 거대한 구멍이 생겨난 마인이 양손을 휘둘러 단천호의 관자놀이를 후려쳐 온다. 단천호는 우수를 쳐올리며 그대로 전진했다.

마인의 육체가 반으로 갈라지며 무너져 내렸다.

단천호는 앞으로 나아갔다.

권을 날린다.

또 하나의 마인의 육체가 종잇장처럼 찢겨 나간다.

당연한 일이었다.

단천호의 손에 머금어진 것은 광천포.

아무리 단련했다고 하나 인간의 육체가 감당할 수 있을 리가 없었다.

하지만 육체는 몰라도 그들의 의지는 확실히 광천포를 이겨 내고 있었다.

우드드득.

단천호는 자신의 어깨에 파고든 손을 털어 냈다.

"큭."

이젠 감탄을 넘어서 지긋지긋할 지경이었다.

머리가 날아가도 휘두르던 손을 멈추지 않는다.

가슴을 꿰뚫으면 그대로 단천호의 몸을 움켜잡고 늘어졌다. 분명 죽였다고 생각하고 지나치려 하면 다리가 뜯겨 나간다.

그리고 이토록 처참한 죽음이 계속되는데 단천호에게 달려드는 이들의 눈에는 한 점의 두려움도 보이지 않았다.

오로지 처절한 살기와 투기만이 가득할 뿐.

하지만 그건 단천호 역시 마찬가지였다.

검붉게 빛나는 단천호의 눈은 희생양을 찾아 맹렬히 움직였다.

다가오는 이는 찢고 부순다.

단천호가 지나가는 자리에는 형체를 알아보기 힘들게 변한 시신과 긴 핏줄기만이 남았다.

마(魔)와 마(魔)의 결전.

지상 최강의 마인들이 서로의 목줄기를 물어뜯기 위해 몸을 날리고 있었다.

인세의 마지막 날이 이러할까.

단천호는 마인들의 육체를 곤죽으로 만들었다.

그리고 자신의 몸에도 하나하나 상처를 늘려 갔다.

그 처절한 전투의 연속에서 단천호는 서서히 지쳐 갔다.

그들은 목숨을 걸고 달려든다.

끝끝내 쓰러지더라도 반드시 단천호에게 피해를 입혔다.

단천호는 마치 죽지 않는 이들을 상대하고 있는 것만 같았다.

과거 혈천을 상대했던 적들이 무슨 기분이었을지 알 것 같았다.

혈천은 물러서지 않는다.

죽어도 물러서지 않는다는 말은 오로지 혈천에게만 어울리는 것 같았다.

단천호는 웃었다.

육체는 끊임없이 고통을 호소하고 머리를 깨어질 듯이 아파 왔지만 이해할 수 없이 즐거웠다.

전장.

이곳이 혈천의 전장이다.

단천호가 숨 쉬던 전장이다.

이곳에서 단천호는 누구보다 살아 있음을 실감했다.

으드드드득!

마인의 팔이 통째로 뜯겨 나간다.

하지만 마인은 달려들어 단천호의 목줄기를 입으로 물어 뜯었다.

살점이 떨어져 나가며 피가 쭉 튀어 오른다.

단천호는 좌수로 마인의 머리를 후려쳤다.

퍼억!

수박 깨지는 소리와 함께 마인의 머리가 산산조각 났다.

몇 명째더라?

기억이 나지 않는다.

언제부터 이러고 있었던가?

왜?

왜 싸우고 있었지?

"흐."

눈앞이 잠시 흐려진다.

파천마와의 싸움부터 흘린 피가 너무도 많다.

육체가 천천히 한계를 넘고 있었다.

이제 더는 무리였다.

이제는 그만 빠져야 할 때다.

피해도 줄 만큼 줬으니 의천맹과 합류해서…….

단천호는 고개를 들었다.

끝도 없이 달려드는 마인들이 눈에 들어온다.

'뚫고……'

이들을 뚫어야 의천맹과 합류할 수 있다.

아니, 이들을 뚫어야 도망이라도 쳐 볼 수 있다.

자신의 목숨을 도외시한 채 단천호에게 달려드는 이 지독한 마인들을 뚫어 내야 하는 것이다.

단천호의 우수가 앞으로 쭉 내밀어졌다.

그리고 연이어 터지는 천붕지음.

우수에 머금어져 있던 광천포가 해방된 것이다.

콰아아아아앙!

상상을 초월하는 굉음과 함께 전방에 거대한 기의 폭풍이 몰아쳤다.

단천호는 앞으로 달려들었다.

단전이 텅 비어 버린 것만 같았다.

피와 땀이 범벅이 되어 단천호를 휘감았다.

그래도 성과는 있었다.

처음으로 단천호와 마인들 사이에 거리가 벌어졌다.

단천호는 즉시 허공을 향해 몸을 날렸다.

아니, 날리려 했다.

그 순간 단천호를 향해 붉은 연기가 파고들었다.

"큭."

단천호는 좌수를 들어 날아드는 붉은 연기를 내려쳤다.

스륵.

붉은 연기는 마치 살아 있는 듯 단천호의 우수를 피해 갈라지더니 단천호의 가슴을 강타했다.

쾅!

단천호가 뒤로 삼 장이나 날아 바닥에 처박혔다.

순간 여기저기에서 강기가 터져 나왔다.

그들의 목표는 당연히 단천호였다.

콰콰콰쾅!

폭음이 계속해서 터져 나왔다.

희뿌연 흙먼지가 마치 하늘에 닿을 것처럼 솟구쳐 일었다.

흙먼지가 가라앉는다.

모두가 긴장한 얼굴로 그곳을 주시했다.

이윽고 단천호의 모습이 드러났다.

전신이 흙먼지로 뒤집혀 있는 단천호의 모습.

그건 지금까지의 당당했던 단천호의 모습과는 많은 차이가 있었다.

"쿨럭!"

입에서 피가 터져 나왔다.

그의 앞으로 혈혼마제가 내려섰다.

혈혼마제의 얼굴은 마치 돌처럼 굳어 있었다.

"이 정도일 줄이야."

단천호의 무위는 혈혼마제의 예상을 한참이나 뛰어넘었다.

이것은 혈혼마제의 실수였다.

파천마와 싸우느라 진력을 소비한 단천호라면 큰 무리없이 죽일 수 있을 거라 생각했다.

그래서 나서지 않았다.

만약 이 정도로 피해가 클 줄 알았더라면 혈혼마제는 주저없이 마인들과 함께 단천호를 격살했을 것이다.

'아니.'

예상을 못했다는 것은 거짓말이다.

단천호의 무위가 만만치 않다는 것은 이미 알고 있었다.

혈혼마제도 승부를 장담할 수 없는 수준.

정면에서 붙는다면…….

혈혼마제가 이를 악물었다.

그가 나서야 했다.

하지만 나서지 못했다.

그 스스로도 이해할 수 없는 판단을 해 버린 것이다.

원인은…….

혈혼마제는 인정해야 했다.

단천호의 투기가 혈혼마제를 짓눌렀다.

'내가 두려움을 느꼈던가…….'

혈선이 아닌 이에게 두려움을 느끼다니, 혈천에 몸을 담은 이후로는 처음 있는 일이었다.

그 두려움이 혈혼마제를 바로 나서지 못하게 했다.

혈혼마제는 수치심에 얼굴을 붉혔다.

그의 부하들은 단천호를 죽이기 위해 목숨을 서슴없이 던졌다.

그런데 수장인 자신이 단천호의 기세에 눌려 움직이지 못했다.

이 얼마나 수치스러운 일인가!

단천호는 힘겹게 몸을 일으켰다.

"흐……."

단천호의 입가에서 흘러나온 피가 가슴을 붉게 물들였다.

단천호는 입으로 피를 울컥울컥 뱉어 내면서도 기어코 입을 열었다.

"내… 차례인가?"

혈혼마제의 등에 소름이 피어 올랐다.

"벌…써 끝이라고 생각한 건 아니겠지……."

단천호는 좌수를 천천히 들어 올렸다.

혈혼마제는 한숨을 쉬었다.

"넌 정말 대단한 놈이다. 단천호."

"……."

"만약 우리가 적이 아니었다면 난 네게 고개를 숙였을지도 모르겠군."

단천호는 헛웃음을 지었다.

"넌 충분히 잘해 냈다. 이젠 그만 쉬어라."

혈혼마제의 말에는 진심이 담겨 있었다.

그는 이 위대한 적을 편히 보내 주고 싶었다.

혈혼마제는 처음으로 혈선이 아닌 자에게 공포를 느꼈고, 혈선이 아닌 자에게 경외심을 느꼈다.

적이지만 단천호는 훌륭했다.

그때 단천호의 입이 천천히 열렸다.

"흐흐하핫."

단천호는 입을 벌려 크게 웃었다.

웃을 때마다 입에서 피가 뿜어져 나와 기괴하기 이를 데 없는 몰골이었지만 단천호는 유쾌하다는 듯 웃었다.

"뭐가 우습지?"

단천호는 힘겹게 입을 열었다.

"네가… 너무 멍청해서 말이야."

"……?"

단천호는 피범벅이 된 얼굴로 필사적으로 웃었다.

"충분히… 잘해 냈다고?"

단천호의 어깨가 천천히 펴졌다.

"왜 내게 그런 말을 하지?"

"……난 널 인정했다."

단천호는 고개를 저었다.

"그게 중요한가?"

"……"

"네가 나를 인정하고 인정하지 않고가 중요한가 말이다……."

혈혼마제는 얼굴을 찌푸렸다.

항상 단천호와 말을 하다 보면 이상한 소리가 나온다.

"멍청한… 자식아. 그런 건 남이 평가해 주는 게 아냐. 정말 최선을 다했는지… 정말 충분한지는……."

단천호의 좌수가 앞으로 내밀어졌다.

"스스로가 결정하는 거라고!"

콰아아아아아아앙!

천붕지음이 터져 나온다.

단천호의 좌수에서 터져 나온 광천포가 대지를 찢어발겼다.

"크아아아악!"

"으아아아!"

비명이 터져 나온다.

광천포의 폭발에 휩쓸린 자들은 육체조차 남기지 못한 채 허무하게 사라졌다.

혈혼마제의 얼굴이 일그러졌다.

"이, 이이……!"

이백이다.

무려 이백이 넘는 자가 죽었다.

그중 백이 넘는 자들이 단천호 하나에게 죽었다.

혈선이 키워 낸 일천의 전사 중 무려 이백이 죽은 것이다.

대체 혈선께 뭐라고 보고해야 좋단 말인가?

"단천호오오오!"

단천호는 웃었다.

악귀처럼 얼굴을 일그러뜨린 채 혈혼마제가 그에게 달려들고 있었다.

정말 유쾌한 광경이었다.

"오라고……."

단천호의 우수에 광륜이 맺힌다.

그러나 그 광륜은 금방이라도 사라질 듯 희미했다.

쉬익.

결국 광륜은 맺히지 못하고 사라졌다.

"하……."

단천호는 낮은 한숨을 토했다.

단천호의 양손이 새하얗게 물든다.

겁천수(劫天手).

더 이상 광륜을 만들어 내지 못하는 단천호가 선택할 수 있는 길이었다.

단천호의 입가에 미소가 걸렸다.

'여긴가……?

아닐 거라 믿었다.

아니, 아니고 싶었다.

이제 거의 다 왔다.

긴 여정이 끝나고 있었다.

그래서 마지막 문턱에서 주저앉고 싶지는 않았다.

그렇지만…….

이제는 더 방법이 없었다.

더 이상은 싸울 힘도 없고 도망칠 힘도 없었다.

자꾸 눈이 감겨 왔다.

혈혼마제의 적운수(赤雲手)가 단천호를 향해 내리꽂혔다.

단천호는 양손을 들어 올려 적운수를 막아 내었다.

쾅!

단천호의 몸이 뒤로 튕겨난다!

단천호는 튕겨나는 몸을 뒤집었다. 눈앞에 혈천의 마인들
이 들어온다.

단천호는 미소를 지으며 양손을 휘둘렀다.

"크아아악!"

"커억!"

상상도 하지 못했던 공격에 두 명의 마인이 쓰러진다.

"으아아아아! 단천호!"

혈혼마제는 분노로 이성을 잃어버린 채 단천호에게 달려
들었다.

단천호는 있는 힘을 다 끌어모아 몸을 일으켜 세웠다.

"난……."

단천호의 우수가 천천히 들렸다.

"아직… 살아 있다……."

콰드득!

혈혼마제의 좌수가 단천호의 어깨를 꿰뚫었다.

심장을 노리는 손을 필사적으로 후려쳐 궤적을 바꾼 것이다.

"단… 천호……."

단천호의 입에서 피가 뿜어져 나왔다.

내장을 직접 공격당한 것은 아니지만 몸이 꿰뚫리는 순간 내력이 뒤흔들린 것이다.

단천호의 입가에서 피가 폭포처럼 흘러나왔다.

전신을 피로 물들인 자가 또다시 입가에서 피를 뿜어내는 모습은 괴기스럽기까지 했다.

그것을 가장 가까이에서 보아야 하는 혈혼마제는 알 수 없는 공포를 느껴야 했다.

"아직… 안 끝…났어……."

단천호의 우수가 들렸다.

그리고 천천히, 너무나도 느린 속도로 혈혼마제의 목을 향해 전진했다.

쾅!

혈혼마제가 단천호를 걷어찼다.

단천호의 몸이 허공에 붕 떴다가 떨어졌다.

"쿨럭!"

단천호는 양팔로 필사적으로 몸을 일으켜 세웠다.

"으……."

그 광경에 혈천의 마인들마저 질려 버렸는지 움직임을 멈췄다.

"그럼 안 돼지……."

스팟!

순간 단천호의 우수가 빛살처럼 허공을 갈랐다.

촤아아악!

대기를 가르는 소리와 함께 또 하나의 목이 바닥으로 굴러 떨어졌다.

"흐… 거 봐……."

털썩.

단천호는 더 이상은 일어날 힘도 없는지 바닥에 그대로 주저앉아 버렸다.

"내가 뭐랬어……."

단천호의 입가에 미소가 맺혔다.

아이처럼 천진난만한 미소였다.

"와……. 이젠 내가 갈… 힘이 없다……. 죽고 싶은 놈은… 오라고……."

단천호는 전신에서 피를 흘리며 말했다.

그의 눈과 마주친 이들은 하나같이 슬쩍 고개를 돌렸다.

죽을지언정 결코 물러나지 않는다던 혈천의 마인들이 단

천호의 기세에 고개를 돌려 버리고만 것이다.

혈혼마제는 더 이상 단천호에게 달려들지 않았다.

단천호는 바닥에 주저앉은 채 천천히 고개를 숙였다.

고개를 들고 있는 것마저 힘들었다.

혈혼마제도 알고 단천호도 알았다.

이제는 정말 한계였다.

단천호는 더 이상 혈혼마제의 손을 벗어날 수 없다.

하지만 혈혼마제는 기뻐할 수 없었다.

이백이라는 엄청난 피해를 입었지만 아직도 삼백의 마인이 남아 있다.

적은 단천호 하나일 뿐이다.

그런데…….

멈추라는 명령을 내린 것도 아닌데 마인들이 손을 멈추었다.

그들 모두가 아무것도 하지 못한 채 단천호를 그저 바라보고 있을 뿐이다.

공포가 아니다.

그들 역시 알고 있다.

단천호에게는 개미새끼 한 마리 잡을 힘도 남아 있지 않았다.

그런데도 누구도 단천호에게 달려들지 못했다.

"왜냐!"

혈혼마제의 목소리가 크게 울려 퍼졌다.

"왜! 왜 그렇게까지 하는 거냐!"

혈혼마제는 정말 단천호라는 인간을 이해할 수 없었다.

단천호의 행동은 하나부터 끝까지 전부 이해할 수 없는 일투성이었다.

싸우지 말아야 할 때 싸우고 물러서야 할 때 전진한다.

그리고 포기해야 할 때 포기할 줄도 몰랐다.

대체 어디서 이런 미친놈이 튀어나왔단 말인가?

"대체 왜!"

혈혼마제는 분노했다.

하지만 혈혼마제는 알고 있다.

화낼 일이 아니다.

그런데 자꾸 화가 났다.

표출될 곳이 없는 분노가 혈혼마제의 가슴을 검게 태우고 있었다.

"……왜……?"

단천호는 히죽 웃었다.

"넌 대체 뭐냐……."

혈혼마제의 말은 이제 거의 탄식에 가까웠다.

"이봐……."

"……."

"너라면 말이야……."

"……."

"참아낼 수 있겠어?"

"……무슨 소리냐? 이놈."

단천호는 미소 지었다.

하지만 피투성이에 근육까지 뒤틀려 버린 단천호의 미소는 그저 잔뜩 일그러진 얼굴에 지나지 않았다.

"……죽는 순간에… 내가 아무것도 아니었…다는 걸 알게 되는 것……."

"……."

"……이제 죽는데 그동안……. 내가 했던 짓이 모두 병신 짓…거리란 걸 알게 되는 거지……."

혈혼마제는 아무 말도 할 수 없었다.

무위가 아니다.

위협이 가해지는 것도 아니다.

그런데도 이상하게 입을 열 수 없었다.

단천호의 말 한마디 한마디가 뿜어내는 알 수 없는 감정이 혈혼마제를 묶어 두고 있었다.

"……그럼 나는 뭐…가 되지……?"

"……."

"……믿었던 이…가 내 등 뒤에서 가슴을 꿰…뚫고 꿈…은 쓰레기 조각이 되고, 내가 살아왔던 삶……. 그 전부가 거짓이 되는……. 그런 기분. 참아 낼 수 있겠어?"

혈혼마제는 고개를 저었다.

"모르겠다."

"그래…… 모르겠지…… 모르는 게 나아. 그건…… 정말 더러운 기분이거든……."

단천호는 필사적으로 웃었다.

"그래서…… 이번엔 안 그러려고……."

"……."

"이번에는……. 후회하지 않……으려고……. 미련은……. 남겨도 후회는 하지 않고 죽고 싶……거든?"

"그게… 이유냐?"

단천호는 고개를 들었다.

"큭! 그냥……. 해 본 소리다."

"……."

"사실은……. 네놈 상판떼기가 마음에 안 들어서 그랬어……."

단천호는 눈을 감았다.

더는 버틸 힘이 없다.

손가락 하나 마음대로 움직여 주지 않았다.

그동안은 어떻게든 살아날 자신이 있었지만 이번은 아니었다.

더는 무리다.

'나쁘지 않아.'

이렇게 죽는 것도 나쁘지 않다.

전의 죽음은 너무 쓸쓸했으니까.

이번만은 그렇게 죽고 싶지 않았다.

적어도…….

싸늘하게 식어 가면서도 후회에 후회를 거듭하는 죽음은 사양이었다.

미련이야 남는다.

아직 하지 못한 말이 남았다.

아직은 지켜야 할 것도 많이 남아 있었다.

개운한 죽음은 아니었다.

하지만…….

최선을 다했다.

할 수 있는 모든 것을 했다.

그러니까…….

과거처럼 더러운 후회 속에 죽지는 않을 것이다.

죽는 순간 웃어 줄 것이다.

'그게…….'

제 멋대로 단천호의 운명을 가지고 놀았던 신과 혈선에 대한 단천호의 복수였다.

혈혼마제는 천천히 단천호에게 다가갔다.

그리고는 깊은 한숨을 내쉬었다.

"일평생 처음이군……."

혈혼마제의 우수가 천천히 들렸다.

"적을 죽이는 일이 이토록 무거울 줄이야……."

혈혼마제는 슬쩍 하늘을 바라보았다.

해는 북녘에 걸려 붉은 노을을 만들어 내고 있었다.

"단천호. 네게 경의를 표한다."

단천호는 입을 열지 않았다.

더는 대꾸할 힘조차 남아 있지 않았다.

그저…….

빨리 쉬고 싶었다.

'다시 태어나게 하지 말라고…….'

이번은 정말 마지막이길 빌었다.

더는 이 빌어먹을 고통을 받고 싶지 않으니까.

지옥에 떨어지면 기다릴 것이다.

언젠가는 그가 올 테니까.

그럼 그때는 물어볼 것이다.

'왜…….'

단천호의 눈가가 천천히 붉어졌다.

'왜……. 날……. 버렸어…….'

혈혼마제가 이윽고 결심을 한 듯 주먹을 꽉 움켜쥐었다.

"다음 세상에선 무인으로 태어나지 마라……."

혈혼마제의 손이 내려쳐졌다.

아니, 내려쳐지려 했다.

역천도

그 순간이었다.

쾅쾅!

폭음이 터져 나온다!

혈혼마제의 고개가 돌아갔다.

"뭐냐!"

"의, 의천맹입니다!"

혈혼마제는 놀라서 폭음이 난 곳을 바라보았다. 그곳에는
아무것도 없었다.

"없잖아!"

"소, 소수입니다!"

"뭐라고?"

혈혼마제는 안력을 돋구었다.

혈혼마제의 시야에 붉지 않은 복장이 보였다.

허나 그래 봐야 겨우 십여 명!

"왜 뚫리는 거냐!"

"그게 아직……."

"이!"

혈혼마제는 노기에 물든 얼굴로 소리쳤다.

"저놈들을 살려 보내지 마라!"

"충!"

혈혼마제는 선두에 서서 검을 휘두르는 육문극을 보며
비웃음을 날렸다.

'이미 늦었다.'

무슨 수를 쓴 건지 모르지만 단천호는 이미 혈혼마제의 손아래 있었다.

이제 와서 아무리 발악을 한다고 해도 단천호를 구하는 것은 절대 불가능이었다.

"좋은 동료를 뒀군."

혈혼마제의 말에 단천호가 힘겹게 입을 열었다.

"……저, 병신들이……."

"큭."

혈혼마제는 유쾌한 듯 웃었다.

"지체해서 미안하군. 이제 끝이다. 잘 가라!"

혈혼마제의 손이 내려쳐졌다.

"천호야!"

"멈춰랏!"

모용민의 고함 소리가 쩌렁쩌렁 울렸다.

하지만 혈혼마제의 손은 매정하게 단천호의 머리 위로 떨어져 내렸다.

퍼억!

둔탁한 소음이 울려 퍼졌다.

모용민은 눈을 질끈 감았다.

차마 볼 수가 없었다.

"어, 어서!"

그 순간 모용민의 귓가에 제갈군의 날카로운 목소리가
파고들었다.

모용민의 눈이 번쩍 떠졌다.

그리고 모용민은 보았다.

도무지 이해할 수 없는 광경을…….


"이……."

혈혼마제는 얼굴을 잔뜩 일그러뜨렸다.

"이, 미친놈이……."

혈혼마제의 말을 들은 그는 기괴한 웃음을 터뜨렸다.

"크큭. 내 먹이에 손대지 말라고 했지?"

"으아아! 파천마! 이 미친놈!"

혈혼마제의 손은 단천호의 머리 한 치 앞에 멈추어 있었
다.

그리고 그 손은 파천마의 손에 꽉 붙들려 있었다.

단천호와의 전투에서 죽음에 가까운 부상을 입었던 파천
마가 그 사이 몸을 회복해 버린 것이다.

눈으로 보고도 믿을 수 없는 괴사(怪事)였다.

"경고했다……. 끼어들지 말라고 말이야!"

우드드득!

파천마의 손이 혈혼마제의 우수를 그대로 꺾어 버렸다.

"큭!"

혈혼마제는 괴상하게 꺾인 우수를 붙들고 뒤로 물러났다.

파천마는 통제불능의 괴물이다. 정말 혈혼마제를 죽이려고 달려들지도 모를 일이었다.

"……이야기는 나중이다. 일단 단천호를 죽여!"

"내게 명령하지 마."

파천마의 목소리는 마치 짐승이 울부짖는 소리와도 같았다.

혈혼마제는 분노로 미쳐 버리기 일보 직전이었다.

"크으윽! 단천호를 죽이는 게 네 목표 아니었나? 기억해 내라!"

파천마는 고개를 갸웃했다.

"그래? 크하? 그랬단 말이지? 그래? 응? 으하하하하하하하핫!"

"단천호를 죽여!"

파천마는 어깨를 으쓱하더니 순순히 고개를 끄덕였다.

"그러지."

파천마는 단천호에게 다가가 목을 움켜잡았다.

그리고 그대로 단천호를 들어 올렸다.

목을 잡힌 단천호가 축 늘어진 채 허공에 매달렸다.

이대로 파천마가 조금만 힘을 주면 단천호의 목은 그대로 부러져 나갈 것이다.

"크큭. 단천호."

"……."

"잘 가라!"

말이 끝남과 동시에 파천마가 단천호를 집어 던져 버렸다.

"무, 무슨 짓이냐!"

깜짝 놀란 혈혼마제가 소리쳤다.

단천호의 몸은 허공을 격해 정확히 육문극 일행에게로 떨어졌다.

육문극은 기겁하며 단천호를 받아들었다.

"다, 단 공자! 정신 차리시오!"

"지금 그게 중요한 게 아닙니다! 퇴각을!"

"그, 그렇죠! 퇴각! 퇴각합시다!"

육문극은 단천호를 들쳐 업은 채로 몸을 날렸다.

그 뒤를 모용민 등이 따랐다.

혈혼마제는 그 광경을 보며 입을 쩍 벌렸다.

"죽여 주지. 그런데 지금은 아냐."

"으아아아아아! 파천마! 이 미친놈이!"

혈혼마제는 광란에 가까운 반응을 보였다.

"크크큭. 내가 분명 끼어들지 말라고 했을 텐데? 네놈만 끼어들지 않았으면 내 손으로 단천호를 죽일 수 있었어."

"이 미친놈아! 지금도 죽일 수 있었어!"

"네놈들이 걸레짝을 만들어 놓은 놈을 죽이라고? 크하? 날 너무 우습게 보는 것 아닌가? 약속대로 네놈부터 죽여 주마."

"내가 할 소리다! 이 자라 새끼야!"

"그런데 괜찮겠어? 단천호가 도망가고 있는데 말이야."

"으아아! 뭣들 하고 있느냐! 뭘 보고 있느냔 말이다! 쫓아라! 쫓아! 단천호를 절대로 살려 보내지 마라!"

"충!"

혈혼마제는 명을 내리는 동시에 몸을 날렸다.

"큭!"

하지만 등 뒤에서 날아드는 권격에 바닥에 내려설 수밖에 없었다.

혈혼마제는 분노로 이성을 잃어버릴 지경이었다.

"파. 천. 마!"

파천마는 키득키득 웃었다.

"화났어?"

"네노오오오옴!"

"큭큭큭. 걱정하지 마. 지금 죽여 줄 테니까 말이야."

파천마는 웃으며 혈혼마제에게로 다가갔다.

87
장
—

단
천
호
도
주
하
다

육문극은 단천호를 들쳐 업고 정신없이 달렸다.

단천호는 의식을 잃었는지 축 늘어져 있었다.

모용민이 다급하게 물었다.

"천호는! 천호는 괜찮습니까?"

육문극은 난감했다.

맥문조차 잡아 볼 시간이 없었다.

"괜찮을 겁니다."

대답은 제갈군에게서 나왔다.

"확실합니까?"

"자연경에 든 사람이 입마에 들었다는 말은 듣도 보도
못했습니다. 주화입마가 아니라면 상처와 내공은 자연히 회복되기 마련입니다."

그것도 몇 십 배는 빠르게 회복될 것이다.

그것이 무극이니까.

"그보다는 이곳에서 어떻게 도주하느냐가 문제입니다!"

"어떻게 하긴! 죽어라고 달려야지!"

대모용가의 큰 어른이 하기에는 쌍스럽기 그지없는 말이었지만 지금 모용민은 그런걸 따지고 있을 여력이 없었다.

"그걸로 해결될 상황이 아닙니다."

"뭐가 문제요!"

제갈군은 얼굴 표정 하나 바꾸지 않고 말했다.

"저들이 아마 우리보다 빠를 겁니다."

"뭣이!"

모용민이 역정을 내었다.

"아직 내가 그렇게 늙지는 않았소!"

제갈군은 헐떡이며 대답했다.

"……제가 늙은 것 같습니다."

"……"

제갈군은 확실히 지쳐 가고 있었다.

하지만 문제는 그것이 아니었다.

문제는 혈천이 쫓아오는 속도였다.

그들의 속도는 가공 그 자체였다.

유일한 희망은 그들 역시 무공이 일정하지는 않은지 추

격하는 속도에 차이가 있다는 점이었다.

"저들이 저렇게 강했나! 제길 나보다 빠르다니!"

제갈군이 고개를 저었다.

"우리가 지친 겁니다."

"제길!"

그럴만도 했다.

혈천과 엄청난 격전을 벌인 직후가 아닌가.

더구나 모용민과 육문극은 전투 도중에 주변인들의 안전까지 신경 쓰다 보니 체력이 몇 배로 고갈된 상태였다.

"그럼 이제 어떻게 해야 되는 거요! 뿔뿔이 흩어지기라도 해야 하오?"

"……적은 다수고 우린 소수입니다. 결코 좋은 방법이 아닌 것 같습니다."

"그럼 뭘 어쩌란 말이오!"

모용민은 답답한지 연신 목소리를 높였다.

"제가 준비한 것이 있습니다."

"믿을 수 있겠소?"

"물론입니다."

"방금 전에도 믿으라더니 하마터면 천호가 죽을 뻔했지 않소! 남궁의룡, 그놈이 미친 짓거리를 하지 않았다면 천호도 죽고 우리도 전멸했을 거요!"

사실이었다.

그 예로 열 명이 넘는 인원이 뛰어들었지만 살아돌아 온 것은 이들 셋이 전부였다.

남은 이들은 모두 죽었다.

그리고…….

"어쨌든 구했지 않습니까."

"남궁의룡이 그렇게 움직일 것까지 계산했다고 하진 않으시겠지요!"

"……설마요."

제갈군은 고개를 돌려 육문극을 바라보았다.

"맹주님! 거리는 어떻습니까?"

"천 보 뒤요!"

"시간은?"

"일각 내에 따라잡힐 것이오!"

제갈군은 고개를 끄덕였다.

"충분하군요."

"충분할 리가 없지 않소! 따라잡힌다지 않소!"

제갈군은 태연하게 말했다.

"그 정도면 충분합니다."

"확실한 거요?"

"그렇습니다."

모용민은 미심쩍은 얼굴이었으나 더 이상 따지고 들지 않았다.

사실 제갈군이 뭔가 준비하지 않았다면 도주할 방도가 없다.

지금은 제갈군의 안배를 믿는 것 말고는 다른 방법이 없는 것이다.

조무래기 몇 붙는 것은 크게 걱정할 일이 아니었다. 셋 정도는 모용민 혼자서도 상대할 수 있다.

하지만 그 조무래기가 붙는 것만으로 도주 속도가 느려질 것이다.

그리고 혹시나 마제가 온다면 여기 있는 이들만으로는 절대 단천호를 지킬 수 없었다.

"팔백 보요!"

모용민은 이를 악물었다.

단천호의 안색이 좋지 않았다.

당연한 일이다.

엄청난 내상을 입었는데 육문극 정도의 고수가 전력으로 달리는 속도로 이동 중이니까. 게다가 지금 육문극에게는 단천호가 흔들리지 않게 신경 쓸 만큼의 여력이 남아 있지 않았다.

내상도 내상이지만 외상만으로도 살아 있는 시체나 마찬가지였다.

"육백 보요!"

그때였다.

"아군!"

제갈군이 허공에 대고 소리쳤다.

대답은 들려오지 않았다.

"준비!"

제갈군은 그 말을 남기고 다시 입을 다물었다.

모용민은 바닥에 숨어 있는 이들의 기척을 느끼며 그곳을 뛰어넘었다.

"뭘 한 거요?"

제갈군은 차오르는 숨을 고르며 대답했다.

"매복입니다."

"매복? 그런 게 소용이 있소? 아니, 매복은 또 언제 해 둔 거요!"

"이 길은 원래 우리가 사용하려던 퇴각로 중 하나입니다. 뒤를 따라붙을 혈천에 대비해 매복을 해 두었습니다."

"중소문파의 제자요?"

"그렇습니다."

"……."

모용민은 안색을 굳혔다.

그렇다면 아마 시독이 묻은 칼을 들고 있을 것이다.

방금 제갈군이 외친 소리는 아군이라는 소리는 같은 편이니 공격하지 말라는 뜻이었고 준비라는 말은 이제 곧 적이 오니 준비하라는 의미일 것이다.

역천도

하지만…….

정신없이 도망치는 모용민조차 알아차린 매복을 혈천의 마인들이 알아내지 못할 리가 없었다.

좀 전 전투 상황에서의 매복이 성과를 거둔 것은 그곳이 전장이었기 때문이다.

아직 숨이 끊어지지 않은 이들이 도처에 널려 있기 때문에 기척만으로는 매복인지 아닌지를 판단할 수 없다.

게다가 지근거리에서 수많은 이들을 쫓는 이라면 더더욱 알기가 어렵다.

그러나 지금은 그런 상황이 아니다.

"개죽음……."

모용민의 입에서 자신도 모르게 개죽음이란 말이 튀어나왔다.

중소문파 제자들의 실력으로는 생채기 하나 내지 못할 것이다.

그저…….

제갈군은 담담히 입을 열었다.

"개죽음이 아닙니다."

"……."

"개죽음이 아니지요. 찰나의 시간을 벌어 준다고 해도 그들은 의천맹을 위해 고귀한 희생을 한 것입니다. 설사 찰나의 시간마저 벌지 못한다고 해도 말입니다."

"하지만 그런 시간을 벌어 봤자 지금은······."

제갈군은 고개를 끄덕였다.

"시간을 벌 것입니다."

"어떻게 말이오?"

"무공은 몰라도 강호를 생각하는 마음만은 그들도 뒤지지 않습니다."

"······."


＊　　　　＊　　　　＊


귀호(鬼狐)는 무척 기분이 이상했다.

혈천은 무적이다.

항상 그렇게 생각해 왔다.

드디어 중원 정복의 명이 떨어졌을 때 귀호는 환호했다.

혈천의 무위를 생각해 볼 때, 그것은 너무도 당연한 명이었다.

오히려 시기를 너무 넘겨 버린 면이 있었다.

혈천문도들 대부분은 오로지 혈선의 중원 진격 명만을 기다리고 살아왔다.

그런데 드디어 중원 진격의 명이 떨어진 것이다. 중원에 들어와 관을 부수고 사천성을 정복할 때까지만 해도 귀호의 기분은 최고였다.

혈선에 대한 충성심.

그동안 억눌려 있던 것의 분출.

귀호는 항상 가장 앞에서 적을 맞았고 주저 없이 적을 베어 넘겼다.

그리고 의천맹 역시 감히 혈천의 상대가 되지 못했다.

의천맹의 오합지졸들과 붙었을 때 귀호는 그것을 확실히 느꼈다. 천하의 어떤 이도 감히 혈천의 행사를 방해할 수 없었다.

하지만 그 생각은 불과 한 시진도 안 되어 산산조각 나 버렸다.

단천호.

귀호의 등에 소름이 돋았다.

천혈광마를 박살내고 단신으로 일백이 넘는 마인들을 죽인 괴물.

심지어 혈혼마제 넘마저도 그에게 밀리는 것 같았다.

단천호가 달려들 때의 눈빛을 생각하면 아직도 소름이 돋는다.

그건 정말 마인의 눈이었다.

광기와 투기가 제멋대로 날뛰는 진정한 마인의 눈이었다.

그런 이가 전신에 피를 철철 흘리며 날뛰는 모습은…….

귀호는 솔직히 인정했다.

단천호가 삼 장 이내로 접근했을 때, 귀호는 잊었다고 생각했었던 감정을 다시금 찾을 수밖에 없었다.

그건 공포였다.

혈천의 마인인 그가 정파의 어린아이에게 공포를 느낀 것이다.

그리고 그 공포는 길지 않았다.

공포는 이윽고 경탄으로 변했고 마지막에는 경외심을 느껴야 했다.

"단천호……."

누가 그럴 수 있을까?

누가 단신으로 천혈광마를 묵사발 내고 일백의 마인을 격살할 수 있겠는가?

누구도 불가능한 일이었다.

인간의 경지를 아득히 초월한 혈선이 아니라면 결코 불가능할 것이라 생각했던 일이다.

그런데…….

아직 약관도 안 되어 보이는 어린아이가…….

귀호는 고개를 저었다.

그가 경탄을 느낀 것은 사실이다.

소속을 떠나 인간으로서, 한 명의 무인으로서 경외감을 가진 것 역시 사실이다.

만약 그가 혈천의 무인이었다면 귀호는 목숨을 걸고 그의 명을 따랐을 것이다.

그 정도로 단천호가 보여 준 것은 인상 깊었다.

귀호는 자신의 오른손을 바라보았다.

길게 베여 있는 우수.

피는 멎었지만 상처는 여전히 크게 쩍 벌어져 있었다.

단순히 단천호가 날린 기운의 파편에 스쳤을 뿐인데 단련된 귀호의 육체가 버티지 못했다.

만약 조금만 운이 나빴다면…….

귀호는 지금 여기 없을 것이다.

하지만…….

그게 전부다.

그는 혈천의 적이고 귀호는 혈천의 무사였다.

혈혼마제 님의 명이 떨어진 이상.

귀호는 무슨 일이 있더라도 그를 추적하여 죽일 것이다.

누구보다 먼저 그를 찾아내서 고통없이 깔끔하게 죽여 주는 것.

그것이 귀호가 단천호에게 해 줄 수 있는 최대한의 배려였다.

'음?'

귀호의 눈썹이 꿈틀댔다.

전방에 인기척이 느껴졌다.

'하나, 둘… 다섯.'

귀호는 슬쩍 고개를 돌렸다.

그의 동료들 역시 고개를 끄덕였다. 그가 알아챈 것을 그들이 알아채지 못할 리가 없었다.

귀호는 돌진했다.

파아앗!

순간 바닥이 뒤집히며 다섯의 무인이 시커먼 독도를 들고 튀어 올랐다.

귀호는 날아드는 독도를 피하며 손을 휘둘렀다.

퍼억!

퍼벅!

무인들의 머리가 잘 익은 수박처럼 깨어졌다.

귀호는 손에 묻은 피를 털어 내며 앞으로 달려갔다.

"치졸한 수를……."

한 번도 아니고 두 번이나 당할 혈천이 아니었다.

단천호가 없다면 의천맹은 무인이 뭔지도 모르는 쓰레기들의 집합소에 불과했다. 도망갈 줄밖에 모르고 온갖 비겁한 수를 당연하다는 듯이 사용했다.

이런 놈들이 천하의 주인이라고 떵떵거리고 있었다는 생각을 하면 절로 헛웃음이 나는 귀호였다.

최근에는 단천호가 중원의 주인 노릇을 했다니 그나마 다행이었다.

저런 잡졸들이 혈천의 주적이었다면 귀호는 정말 큰 실망을 했을 것이다.

그렇게 되어 버리면 그동안의 그 지옥 같았던 고련이 다 무슨 의미가 있겠는가?

귀호는 단천호에게 고마움까지 느낄 지경이었다.

단천호가 있었기에 지금까지 해 온 그 끔찍한 수련들을 후회하지 않을 수 있었다.

'그러고 보면 빚이 있군.'

이것도 나름의 빚이었다.

귀호는 빚은 꼭 갚는 주의였다.

그러니 이번에는 단천호에게 빚을 갚아 줄 것이다.

전방에 빠르게 움직이는 기운들이 느껴졌다.

강대한 기운 둘.

중간 정도의 기운 하나와 금방이라도 끊어질 듯 미약하게 이어지는 기운 하나.

귀호의 입가에 미소가 걸렸다.

단천호가 사정권 내에 들어왔다.

분명 매화신검이라는 놈과 천류검성이라는 놈이 같이 있겠지만 다섯이라면 그들 둘의 발을 묶는 것 정도는 아무것도 아니었다.

더구나 단천호만 노리는 것은 더욱 쉬울 것이다.

그러니 이제 단천호의 운명은 끝난 것이다.

혈천의 강호 정복 역시 이제 일사천리로 진행될 것이다.

귀호는 이상했던 기분이 점점 풀리는 것을 느꼈다.

기분이 좋았다.

기분이 얼마나 좋은지 하늘이 노란색으로 슬쩍슬쩍 보일 지경이었다.

아니…….

조금 어지러운가?

아마도 과도하게 긴장을 했던 모양이다.

하기야 그런 전투를 치렀는데 누가 긴장하지 않겠는가?

당연한…….

귀호는 이상한 점을 발견했다.

"흑사(黑蛇)."

"충!"

"너 얼굴이 왜 그렇지?"

"무슨 말씀이십니까?"

"얼굴이 왜 검어?"

"예?"

흑사의 얼굴이 시커멓게 변해 간다.

귀호는 안색을 굳혔다.

"독(毒)인가?"

귀호는 버럭 소리를 질렀다.

"그 하찮은 놈들에게 일격을 허용한 거냐!"

"그, 그렇지 않습니다! 결코 아닙니다!"

"이 멍청한 놈!"

말은 그렇게 해도 뻔했다.

그렇지 않고서는 중독될 일이 없었으니까.

귀호는 이번 일이 끝나면 흑사를 가만두지 않겠다고 다짐했다.

얼마나 화가 났는지 머리가 지끈지끈 아파 올 지경이었다.

"조, 조장님!"

"닥쳐라! 일이 끝나고 네 죄를 묻겠다!'

"그, 그게 아니라!"

"감히 변명을 할 셈이냐!"

귀호는 주먹을 움켜쥐었다.

시답잖은 말이 나오면 절대 이놈을 가만두지 않을 셈이었다.

"조장님. 안색이……."

"……안색?"

안색이 어떻단 말인가?

그런 전투를 겪고 눈앞에서 그런 엄청난 걸 목격했다.

게다가 전력을 다해 추격을 하고 있으니 내공이 달려 안색이 하얗게 변하는 것쯤은 당연한 것 아닌가.

도무지 구제불능이었다.

그런데…….

왜 이렇게 어지럽지?

귀호는 달리던 발을 멈추었다.

"으?"

갑자기 왜 이렇게…….

귀호의 눈이 살짝 커졌다.

귀호는 천천히 우수를 들어 올렸다.

"으…….."

시커멓게 변해 버린 손이 눈에 들어왔다.

"대체……. 언제……."

귀호는 제자리에 주저앉았다.

"빌어먹을 당장 운기에 들어간다."

"조장님 추적은……."

"추적은 다음 조에 맡긴다……."

"알겠습니다."

귀호는 이를 갈았다.

대체 무슨 수를 쓴 건가!


＊              ＊              ＊


제갈군의 설명에 모용민은 안색을 굳혔다.

"시독을 몸에 주입했다고?"

"그렇습니다."

"자살이라도 시킬 셈인가!"

모용민은 얼마나 화가 났는지 더 이상 제갈군에게 존대를 하지 않고 있었다.

제갈군은 제갈세가의 가주.

배분으로 따지자면 한참 어린아이지만 한 가문의 가주라는 신분이 있기에 모용민은 항상 그를 공대했다.

그러나 지금 모용민은 그런 것은 다 잊어버렸는지 날카로운 목소리로 제갈군을 추궁하기에 바빴다.

"대체 그게 무슨 짓인가!"

"어쩔 수 없었습니다!"

"사람을 사지로 밀어 넣는 것이 어쩔 수 없는 일이라고?"

"그럼 어떻게 해야 합니까?"

"이……."

모용민은 화가 났다.

그러나 할 말이 없었다.

그럼 어떻게 해야 하는가? 그렇게라도 하지 않으면 그들이 무슨 수로 혈천의 마인들을 막을 텐가.

"아무리 그래도……."

제갈군은 흔들림 없는 목소리로 말했다.

"중독만 시킬 수 있다면 아무리 혈천의 마인들이라도 우리를 쫓을 수 없습니다. 하지만 중독시킬 수 있는 방법이 요원합니다. 조금 전의 전투처럼 급박한 상황도 아니지 않습니까."

모용민은 대답하지 않았다.

제갈군은 개의치 않고 설명을 계속했다.

"혈천의 마인들은 무기를 사용하지 않습니다. 그렇기에 그들의 육체에 작은 상처라도 있다면 중독시킬 여지가 충분히 있습니다. 문제는 독을 살포할 방법이 없다는 겁니다. 그런데 전투 양상을 가만히 보면 그들은 피를 뒤집어쓰는 것을 꺼리지 않는다는 특징이 있습니다. 그럼 방법은 간단합니다. 혈액독을 쓰면 됩니다. 혈액에 독을 만들면 되죠. 지금 가장 간단히 혈액독을 만드는 법은……."

제갈군은 한숨을 쉰 뒤 나직하게 말했다.

"시독을 직접 주입하는 겁니다. 먹어서 중독이 되는 것도 한 가지 방법이지요."

"아무리 그래도 해서는 안 될 일이란 게 있는 거다! 명(明)이가 너를 잘못 가르쳤구나!"

제갈군은 고개를 저었다.

"선친께서 계셨더라도 저와 같은 결론을 내리셨을 겁니다."

"하지만 이행하지 않았겠지. 차선을 택했을 것이다!"

"그랬을지도 모르지요. 그래서 저는 선친을 뛰어넘었다고 생각합니다."

"네 이놈!"

육문극이 모용민을 만류했다.

"그만하십시오."

"하지만 맹주!"

"독을 쓰겠다고 한 건 군사가 아닙니다."

"……뭐라구요?"

"그 방법을 생각해 낸 것은 중소문파인들입니다."

"……."

모용민은 말을 잇지 못했다.

그게 대체 무슨 소리인가?

"중소문파 스스로 필사적으로 찾아낸 방법입니다. 그리고 우리에게 허락을 받으러 왔었습니다. 단 공자를 구하는 시간이 늦어진 이유 중 하나입니다."

"……."

"문상은 처음에는 반대했었습니다. 하지만 그들의 간곡한 설득에 결단을 내린 것입니다."

"……스스로 독을 먹겠다고 했단 말입니까?"

"……문상이 말하지 않았습니까……. 무공이야 부족할지 모르지만……."

육문극은 가벼운 한숨을 내쉬었다.

"강호를 생각하는 마음은 뒤지지 않습니다."

"……그렇군요."

모용민은 제갈군을 바라보았다.

제갈군은 무표정하게 앞만 보고 경공을 전개하고 있었다.

모용민은 가볍게 탄식하고 입을 열었다.

"미안하오. 문상."

"괘념치 마십시오."

"아니다. 내가 실수를 한 것 같습니다."

"무상께서 하신 말씀은 틀린 것이 없습니다."

"아니오. 내가 생각이 짧았구려. 문상께서는 이미 선친의 경지에 오른 것 같소."

제갈군은 고개를 저었다.

"아닙니다. 저는 이미 선친을 뛰어넘었습니다."

"……문상."

보통 이럴 때는 겸양을 떨어 주는 것이 예의인 법이다.

아무리 자신의 능력이 선친을 넘었다고 해도 남들 앞에서 그것을 저리 당당하게 말하는 법이 있던가?

하지만 모용민은 아무 말을 할 수 없었다.

무표정한 제갈군의 얼굴에 숨어 있는 수많은 번뇌를 느낀 것이다.

모용민의 연륜이 아니었다면 결코 알 수 없었을 것이다.

"……자네."

"전 선친을 뛰어넘었습니다."

"……."

"그래야 합니다. 이 수가 군사로서 선택할 수 있는 최선이어야 합니다. 그렇지 않다면……."

제갈군의 뒷 말은 모용민의 귓가에 들리지 않았다.

하지만 모용민은 알 수 있었다.

제갈군이 미처 하지 못한 말은 아마도 자신을 용서할 수 없다는 말일 것이다.

군사라는 건.

때로는 수라의 길을 걸어야 하는 것이다.

세상의 모든 비난을 짊어지는 것을 당연하게 생각해야 하는 것이 군사의 길이었다.

"……삼천 보입니다."

육문극의 말에 제갈군이 고개를 끄덕였다.

"빠르군요."

"그새?"

육문극의 말에 모용민은 치를 떨었다.

"지독한 놈들 끝도 없이 쫓아오는군!"

육문극이 제갈군을 향해 물었다.

"다음 수가 있습니까?"

제갈군은 고개를 끄덕였다.

"물론입니다."

"방금과 같은 수는 통하지 않을 겁니다. 오는 길에 중독된 이들을 보았을 겁니다."

"알고 있습니다."

"그럼 다음 수는……."

제갈군은 덤덤하게 말했다.

"저기 오는군요."

육문극과 모용민의 시선이 전방으로 꽂혔다.

"저건……."

기괴하게 생긴 검은 갑주를 뒤집어쓴 자들이 그들을 향해 달려오고 있었다.

모용민은 얼이 빠져 중얼거렸다.

"유호대?"

모용민의 고개가 급격히 돌았다.

"설마 다음 수라는 것이!"

제갈군은 덤덤하게 고개를 끄덕였다.

"저들입니다."

"무모한! 아무리 묵룡갑이 있다고 하나 통할 상대가 따로 있습니다!"

"압니다."

"알면서도 그런단 말이오! 저들로는 절대 마인들을 막아낼 수 없습니다!"

제갈군은 고개를 저었다.

"아니요. 가능합니다."

"문상!"

"그래서 제가 선친을 뛰어넘었다는 겁니다."

"……대체 무슨?"

십여 명의 유호대가 육문극 일행의 삼십여 장 앞에 멈추어 섰다. 그리고 즉시 무릎을 꿇고 그 자리에 부복했다.

"무슨?"

육문극이 영문을 몰라하는 찰나 유호대의 입에서 거대한 목소리가 터져 나왔다.

"주군! 보중하십시오!"

"보중하십시오!"

그것이 끝이었다.

단천호를 짊어진 육문극 일행은 너무도 빠르게 그들을 스쳐 지나갔다.

유호대는 몸을 돌려 떠나는 단천호를 배웅했다.

단천호가 더 이상 보이지 않을 때까지 바닥에 붙인 머리를 떼지 않았다.

이윽고 단천호가 시야에서 완전히 사라지자 그들은 고개를 들었다.

그리고 천천히 몸을 일으켜 세웠다.

유초는 한참 동안 단천호가 떠나간 곳을 지켜보다 결의에 찬 눈으로 입을 열었다.

"빌어먹을!"

"……?"

"……?"

"아직 장가도 못 갔는데."

"……."

"……."

대원 중 하나가 긴 한숨을 내쉬고는 유초를 나무랐다.

"대주!"

"왜."

"……좀 더 살면 갈 수 있을 거 같습니까?"

"……이 새끼가……."

"어차피 지금 죽으나 더 살다 죽으나 구질구질한 거야 매한가지 아닙니까."

유초는 콧웃음을 쳤다.

"틀렸다. 이놈아."

"예?"

유초는 크게 웃으며 말했다.

"구질구질한 인생 따위는 벌써 예전에 벗어났다! 누가 감히 천하제일가 단가장의 제일대 유호대를 구질구질하다 고 하겠느냐!"

"주군요."

"황귀대주요."

"모용가려도 그러던데."

"그래? 모용 영감님도 그러더라고."

"……이것들이 진짜……."

유초는 바닥에 침을 딱 뱉었다.

"막판까지 말은 더럽게 안 들어 처먹어요."

"에이. 막판에 웬 꼬장입니까?"

"……너 혹시 조금 일찍 갈 생각 있나?"

"살아도 같이 살고 죽어도 같이 사는 게 우리 아닙니까."

"아니, 조금만. 아주 조금만 일찍 간다고 뭔 일이야 있겠냐?"

"……사양하겠습니다."

"그러냐?"

유초는 입맛을 다셨다.

"자, 오는 모양이다."

그들은 일제히 도를 뽑아 들었다.

"무지 세더라?"

"옷 벗으면 일초지적이나 되겠습니까?"

"어렵지."

"역시 그렇겠죠?"

"그래도 주군 덕분에 우리가 저런 놈들하고 칼질이라도 해 보는 것 아니냐!"

백비가 바닥에 침을 탁 뱉었다.

"전 그냥 칼질 안 하고 살고 싶은데요."

유초는 심드렁하게 말했다.

"그럼 가."

백비는 인상을 확 찡그렸다.

"누가 간답니까!"

"그럼 뭐."

"에이. 더러운 세상 이제 좀 살 만하다 싶었더니 죽어야 되고!"

"그럼 쓰러뜨리고 살면 되지."

"에라이!"

"에라이?"

따악!

유초의 손이 백비의 뒤통수를 사정없이 후려쳤다.

"아! 왜 때립니까!"

"싸가지가 없어서."

"막판까지 싸가지 찾아야 됩니까?"

"죽어서도 찾아볼래."

"……씨바 내가 나이는 형인데."

"억울하면 대주 하던가."

"……."

백비는 한숨을 푹 쉬었다.

"전 처음부터 별로 세지고 싶지 않았어요."

"……."

"그냥 다른 놈들이 워낙 설쳐 대니까 분위기상 안 할 수가 없었던 것뿐입니다."

"……그러냐."

백비는 쓴웃음을 지었다.

"근데 말입니다."

"그래."

"기분은 좋더라구요."

"으하하하하핫!"

"아오! 옛날이었으면 눈도 못 마주쳤을 무당놈들 하고 칼질하는데, 그 째지는 기분이란! 내가 다섯 놈 쓰러뜨린 거 알죠?"

"넌 이야기할 때마다 숫자가 늘어난다?"

"아! 다섯 맞다니까요."

"그래. 그래. 그렇겠지."

"진짠데……."

"오냐."

유초는 도를 꽉 움켜쥐었다.

"살만큼 살았잖아."

"……."

"게다가 막판에는 꿈도 못 꿀 경험까지 해 봤잖아."

"예."

"그럼 뭘 더 바라겠냐!"

"색시?"

"돈?"

"……이 새끼들이 진짜로……."

유초는 웃고 말았다.

그래.

이게 유호대다.

아무리 애를 써도 그들은 명문정파의 타격대처럼 절도 있는 삶은 살지 못한다.

하지만 뭐 어떤가?

이것도 꽤 좋지 않은가?

"난 주군을 만난 게 행운이었다고 생각한다."

"……다시 생각해 보시죠."

"물론 참… 지랄 맞긴 했지."

"그 정도로 표현될 사람입니까?"

"허허."

유초는 웃었다.

유쾌했다.

너무도 유쾌했다.

지금 이 순간이 얼마나 유쾌한지 날아갈 것만 같았다.

"자, 너희는 유호대의 대표다! 부끄럽지 않게 죽어라."

"가위, 바위, 보로 정한 대표 따위……."

"크하하하하하하핫!"

그때 그들의 눈앞에 엄청난 속도로 날아드는 혈천의 마인들이 나타났다.

"가자!"

"예!"

동시에 유호대는 전신에 묵룡진기를 끌어 올렸다.

묵룡갑의 비늘이 꼿꼿이 일어나며 마치 가시처럼 솟아올랐다.

유초는 미소 지었다.

그 옛날.

아무것도 할 수 없는 시절이 있었다.

아무런 쓸모도 없는 삶을 살아야 했던 시간이 있었다.

그런데.

지금 유초는 천하의 누구보다 중요한 일을 하고 있다.

유호대의 손에 천하의 운명이 걸린 것이다.

유초는 그 사실이 너무나도 즐거웠다.

그보다 더욱 즐거워서 견딜 수 없는 것은.

단천호를 위해 죽을 수 있다는 것이다.

'이걸로 은혜는 갚은 건가?'

유초는 피식 웃었다.

그럴 리가 없다.

목숨 하나 날린다고 갚아질 빚이 아니다.

'지옥에서 뵙겠습니다. 남은 빚은 그때 마저 갚겠습니다.'

유초는 칼을 뽑아 들고 돌진했다.

"크하하하핫! 이놈들아 우리가 바로 천하제일가의 유호
대다!"

*     *     *

"유……초……?"

육문극은 화들짝 놀랐다.

"다, 단 공자! 일어났습니까?"

"유초……. 목소리가……. 쿨럭!"

"아직 일어나시면 안 됩니다."

단천호의 입에서 피가 뿜어져 나왔다.

단천호의 입에서 흘러나온 피가 육문극의 등을 타고 흘
렀다.

"……목소리……."

"일단 좀 더 주무십시오."

육문극은 단천호의 수혈을 짚었다.

지금 단천호가 깨어나 봤자 할 수 있는 것은 아무것도 없
었다.

"깨어났습니까?"

모용민이 물었다.

"수혈을 짚었습니다."

"잘했습니다. 지금 깨 봤자 난동이나 피우겠지요."

"그러기야 하겠습니까."

"……아직 잘 모르시는군요."

"……."

모용민은 제갈군을 향해 물었다.

"문상."

"말씀하십시오."

"그런데 대체 유호대로 어떻게 저들을 막는단 말입니까?"

"……그건……."

*                    *                    *

"쿨럭!"

유초는 피를 토했다.

입에서 뿜어져 나온 피가 얼마나 많았던지 묵룡갑이란 이름이 이상할 정도였다.

"……죽겠군."

유초는 입가의 피를 훔치며 슬쩍 웃었다.

"진짜 인간도 아니군."

유초는 뻥 뚫린 옆구리를 보며 피식 웃었다.

묵룡갑을 뚫다니.

애초에 차원이 다른 인간들이었다.

"지독한 놈들."

혈천의 마인이 지긋지긋하다는 듯 진저리를 쳤다.

강하지 않은 놈들이다.

처음에는 그냥 간단히 처리하고 가려고 했다.

이상한 갑주 때문에 시간을 끌게 되었을 때도 크게 놀라지는 않았다.

오히려 재밌는 경험을 하게 해 준 것에 감사할 지경이었다. 정말 진저리를 치게 된 것은 갑옷을 파훼하기 시작한 후였다.

기물에 의존하는 인간은 기물이 무력해지면 두려움에 떨게 된다.

기물 자체가 나약함을 감추는 것이기 때문이다.

특히 이런 갑주 같이 생명을 지켜 주는 기물일 경우에는 그 정도가 더욱 심해진다.

그런데 이놈들은…….

그런 상식이 통하는 놈들이 아니었다.

갑옷을 뚫는 것은 간단했다.

집중된 힘으로 한 점을 꿰뚫어 버리면 된다.

처음이 어렵지 한 번 뚫어 버리면 그 뒤는 문제도 아니다.

갑옷이 알아서 갈라지면서 부드러운 살이 나타나게 되니까.

그때는 이미 끝난 것이다.

그렇게 생각했다.

처음 한 놈의 가슴에 우수를 쑤셔 박았을 때, 끝났다고 생각했다. 그런데 그놈이 몸을 웅크렸다.

갑옷 사이에 손을 끼우고 필사적으로 칼을 휘둘렀다.

그 상황에서는 천하의 누구라도 당황하지 않을 수 없을 것이다.

까딱했으면 목이 그대로 날아갈 뻔했다.

그 이후 다른 놈들도 똑같은 짓을 하기 시작했다.

옆구리가 뚫린 놈은 옆으로 몸을 웅크려 손을 놓아 주지 않으려 했고 배가 뚫린 놈은 마치 고슴도치처럼 몸을 말아 댔다.

가장 지독한 놈은 백비라는 놈이었다.

그놈은 허벅지가 꿰뚫리자 스스로 다리뼈를 부러뜨려 다리를 접어 버렸다.

아무리 지독한 마인이라도 상상도 못할 짓거리다.

그런 짓을 웃으면서 해 대고 있었다.

이제는 질릴 지경이다.

유호대는 대부분 바닥에 쓰러져 있었다.

하지만 유초만은 아직 쓰러지지 않았다.

유초는 씨익 웃었다.

"고맙다."

마인은 얼굴을 굳혔다.

"무슨 말을 하고 싶은 거지?"

"난 솔직히 걱정 많이 했다."

"……."

유초의 입가에 진득한 비웃음이 맺혔다.

"그냥 우리랑 안 싸우고 가 버렸으면 우린 발이 느려 못 쫓아 가거든."

"……."

"그런데 굳이 싸워 주는데 얼마나 고맙냐? 엎드려 절이 라고 하고 싶더라."

"크하하하하핫! 병신 새끼들!"

"마인은 대가리도 마기로 가득 찼나?"

"멍청한 놈들…… 쿨럭……."

유호대는 바닥에 쓰러져 몸을 일으키지도 못하면서 악다 구니를 쓰며 웃었다.

마인의 얼굴이 딱딱하게 굳었다.

"이 버러지 같은 것들이."

유초는 고개를 끄덕였다.

"그래. 우린 버러지다."

"……."

"강호라는 곳에서 삼류무사는 버러지만도 못하다. 네놈 들이 마음만 먹으면 개미 밟듯이 밟아 죽여 버릴 수 있는 것이 삼류무사지."

유초의 눈이 불타오르듯 빛났다.

"삼류로 사는 게 어떤 건지 알고 있나?"

"……."

"너희 같은 놈들은 평생 가도 알지 못하겠지. 크흐흐."

유초는 칼을 들어 올렸다.

"그래서 삼류로 사는 게 너무 힘겨워서, 삼류를 벗어나
게 해 준 인간을 위해 죽는 게 억울하지 않다는 거다."

"물론 그 인간이……."

"치사하고……."

"싸가지는 더럽게 없고……."

"인간 같지도……. 않고……."

"구타 중독자에……."

"버르장머리는 엄마 뱃속에 놓고 나온 개념 없는 애새끼
라도 말이지!"

마지막 유초의 말에 모두 탄성을 내뱉었다.

"……심하다."

"우와……. 그렇게 생각하고……. 있었던 겁니까?"

"이건 제보감인데?"

"……이 새끼들이……. 마지막까지 진짜……."

유초는 웃었다.

마인들은 싸늘한 눈으로 유초를 바라보았다.

"그래서 너희들이 뭘 했지?"

"……."

"이 잠깐의 시간을 번 것으로 단천호를 구할 수 있을 것 같은가?"

"이쪽으로 온 추적대는 우리가 마지막이다. 너희가 우리만 막아 낼 수 있었다면 단천호는 살았을지도 모르지. 하지만 결국 너희는 실패했다."

"큭……."

"너희의 무능함 때문에 단천호는 죽을 것이다. 죽으면서도 평생 너희의 나약함을 원망해라."

"크하하하하핫!"

유초는 커다란 광소를 터뜨렸다.

웃을 때마다 옆구리에서 피가 왈칵왈칵 쏟아져 나왔지만 유초는 멈추지 않았다.

"뭐가 그렇게 웃기지?"

"나약함을 원망하라고?"

"그렇다."

"야, 이 멍청한 새끼들아! 우린 평생을 그래 왔다! 평생 동안 내 자신의 나약함을 저주해 왔다!"

"……."

"그런데 우리더러 나약함을 원망하라고? 개가 웃을 소리를 하는군. 크하하하하핫!"

"으하하하하하핫!"

"저 멍청한 새끼들. 크하하하!"

"……아, 웃는 거 진짜 힘든데……. 아 진짜 아픈데……."

"근데, 백비 저 새끼가……."

마인은 영문을 모르겠다는 듯 고개를 갸웃거렸다.

"도무지 모르겠군. 내 말이 뭐가 잘못됐다는 거지?"

"……정말 답답하군."

유초는 커다랗게 한숨을 쉬었다.

"야! 이 멍청한 새끼야! 내가 너한테 언제 말이 틀렸다고 했냐?"

마인은 노화가 가득찬 얼굴로 유초를 노려보았다.

"난 그냥 네가 멍청하다고 했다."

"……넌 곱게 죽지 못할 거다."

"고맙다. 병신아."

유초는 그 말을 끝으로 주저앉아 버렸다.

"아, 씨바. 더럽게 힘드네."

"그러게 왜 서서 그 난립니까?"

"모양 떨어진다고 그러시잖아. 냅 둬."

"……말을 말자. 망할 놈들."

마인은 고개를 저으며 앞으로 나왔다.

"더 이상은 지체할 시간이 없다. 네놈들과 놀아 주는 것도 이걸로 끝이다."

"큭큭큭."

백비가 조그맣게 웃기 시작했다.

"……이……."

마인은 도무지 이 상황을 이해할 수 없었다.

당장 죽어도 이상하지 않은 것들이다.

그리고 곧 죽을 놈들이다.

그런 놈들이 왜 이렇게 웃어 젖힌단 말인가?

삼류무인의 허세라면 이해할 수 있다.

하지만 마인은 알 수 있었다. 그런 게 아니다. 이들은 정
말로 유쾌해서 웃는 것이다.

"큭큭……. 아……. 진짜 아파서 안 웃으려고 했는
데……. 진짜 멍청한 새끼들 진짜……. 큭큭큭……."

"……."

"이 병신들아……. 우리가 겨우 이걸 믿고 너흴 막겠다
고 나섰을 것 같냐?"

"뭐라고……?"

"아, 진짜 멍청한 새끼들. 이 정도쯤 됐으면 알아챌 때도
됐는데……. 진짜 아……."

백비는 부러진 다리를 움켜잡고 한숨을 쉬었다.

"야, 씨바! 내가 말을 안 해 주려다가 너무 아파서 이야
기한다. 잘 들어라. 너 내가 입은 갑옷이 뭔지 아냐?"

"……."

"묵룡갑이다, 묵룡갑. 이 새끼야. 이무기 껍데기를 잘라서 갑옷으로 만든 거지. 거기다 우리 잘난 주군이 묵룡진기라는 무공을 만들어서 줬다. 묵룡진기는 이 갑옷을 단단하게 만드는 무공이지. 네 머리론 이해하기 힘들겠지만……."

"그게 뭐가 어쨌다는 거냐?"

"아, 답답해. 씨바."

백비는 버럭 소리를 질렀다.

"이 멍청한 새끼야. 니들이 전력을 다해서 한곳을 찔러야 될 정도로 이 비늘은 단단하다고! 게다가 이 비늘에는 우리 내력이 있는 대로 돌고 있다!"

"……대체 뭔 소리를 하는 거냐?"

마인의 뒤에서 또 다른 마인이 나섰다.

"시간 낭비하지 마시고 이제 가시죠."

"……그러지."

백비는 머리를 움켜잡았다.

"아, 진짜 금붕어만도 못한 새끼들……."

"크하하하핫!"

"아, 진짜 멍청한 것도 정도가 있지"

"머리는……. 장식으로 처 달고 다니냐."

마인의 인내심이 끊어졌다.

"다 처 죽여 버려!"

그때 백비가 소리쳤다.

"그냥 대놓고 이야기해 줄게, 병신아. 이건 천하에서 가장 단단한 비늘이다. 다시 말하자면 천하에서 가장 위험한 무기가 되기도 한다는 거지!"

"……뭐?"

"너희를 위해서 특별히 잘 벼려 뒀다."

"저 병신새끼, 비늘끼리 서로 갈면 되는데 그걸 몰라서……."

"아 닥쳐! 몰라!"

백비는 한숨을 쉬고 드러누웠다.

"아. 대주. 알아서 하슈. 난 이제 슬슬 끝나나 봅니다."

유초는 어깨를 으쓱했다.

"들었냐?"

"……."

"죽을 위기에 처한 건 우리가 아냐. 너희지."

"……."

"처음부터 너희는 그냥 우리의 유희 상대였던 거야 마음만 먹었으면 너희는 애초에 죽었어. 고맙다. 강해 줘서. 너희 같은 놈들이랑 붙다가 죽어서 다행이다. 아니었으면 진짜 억울할 뻔했거든……."

"대체 무슨 소리를 하는 거냐 멍청한 놈들! 육탄 돌격이라도 하겠다는 거냐?"

백비가 짜증이 나 소리쳤다.

"아……. 저거 진짜 병신이네 진짜. 말을 안 하려고 해도 진짜……."

"이 개자식들이!"

유초는 피식 웃으며 말했다.

"봐 놓고도 모르네."

"뭐?"

"너 아까 전에 거기 없었어? 우리가 주군 구출하러 들어갔을 때 말야."

"……설마."

유초는 씨익 웃었다.

"거기 황귀 애들 갔으니까. 벌써 봤을 텐데? 너희가 왜 밀린 것 같아?"

"……."

"애초에 이 갑옷이 너희가 그렇게 집중해서 친다고 단박에 뚫릴 것 같아? 그리고 한 번 뚫었다고 쩍쩍 갈라질 것 같아?"

마인의 얼굴이 딱딱하게 굳었다.

"미리 칼집 좀 내 놨지."

"피, 피해라!"

"늦었어."

유초는 껄껄껄 웃었다.

"끝이다!"

유초는 눈을 감았다.

'주군. 고맙습니다.'

콰아아아아아아앙!

거대한 폭음과 함께 묵룡갑이 갈갈이 찢기며 사방으로 비산했다.

묵룡진기를 잔뜩 실은 묵룡갑의 비늘들이 대기를 가르며 존재하는 모든 것을 갈가리 찢어발겼다.

*　　　　*　　　　*

"음?"

육문극이 흠칫하여 위를 올려다보았다.

"왜 그러십니까?"

모용민이 의아한 듯 물었다.

"방금 단 공자가 말을 한 것 같아서 그렇습니다."

모용민의 얼굴에 짜증이 어렸다.

이 긴박한 순간에 무슨 소리를 하고 있는 건가!

"수혈을 짚어 놓았는데 말을 할 리가 있겠습니까?"

"……저도 그렇게 생각합니다만."

"잠꼬대라도 했겠지요. 일단은 이곳에서 벗어나는 것만 생각하십시다."

"……알겠습니다."

육문극의 어깨에 짊어진 단천호를 슬쩍 올려다보았다.

단천호는 여전히 의식이 없었다.

의식이 없는 상황에서 무슨 말을 하겠는가?

"착각이었나?"

육문극은 고개를 돌렸다.

지금은 이런 사소한 것에 신경을 쓰고 있을 때가 아니다.

유호대가 실패하는 것을 대비해서 최대한 이곳에서 벗어나야 한다.

육문극은 정신없이 달렸다.

단천호의 입가에서 피가 한 방울 떨어져 내렸다.

피딱지가 말라붙은 입술이 다시 한 번 갈라지며 선홍빛의 피가 선명하게 흘러내렸다.

바람이 불어와 단천호의 이마로 흘러내린 머리카락을 부드럽게 쓸어 넘겼다.

하지만 단천호의 입술에서 흘러내린 피는 멈추지 않았다.

\*             \*             \*

"끄으으으으……."

유초는 전신을 부들부들 떨며 몸을 일으켰다.

"쿨럭! 쿨럭! 으으!"

유초는 자신의 우측 눈에 틀어박힌 비늘을 뽑아내었다.
묵룡갑을 뚫고 들어온 비늘이 유초의 눈에 틀어박힌 것이
다. 반 치만 더 깊게 박혔어도 유초는 살아 있지 못할 것이
다.

"끄으⋯⋯."

상상도 할 수 없는 격통이 전신을 파고들었다.

전신 곳곳에 비늘이 박혀 있었고 꿰뚫렸던 옆구리에서
다시 피가 흘러나오고 있었다.

쿵!

유초는 균형을 잡지 못하고 다시 그 자리에 쓰러졌다.

유초는 한참 동안 기침을 해대고야 겨우 입을 열 수 있었
다.

"⋯⋯뭐가 어떻게 된 거지⋯⋯."

왜 살아 있는 걸까?

분명 죽었어야 했다.

옷 안에 진천뢰를 넣고 터뜨렸는데 살아 있으면 그게 더
이상하지 않은가?

아니면⋯⋯.

"⋯⋯여기가⋯⋯. 지옥인가⋯⋯."

유초는 고개를 들었다.

"큭⋯⋯. 크큭⋯⋯."

그때 나직한 웃음소리가 유초의 귀를 파고들었다.

"……누구냐."

유초는 힘없이 입을 열었다.

"……지옥이래……. 내가 어이……가 없어서……."

"……백비……."

"……이리 좀 오슈……. 나는……. 못 갑니다……."

"그, 그래."

유초는 힘겹게 몸을 일으켰다.

어떻게 된 영문인지 모르겠지만 그와 백비는 살아 있는 것 같았다.

아니, 어쩌면 다른 놈들도…….

유초는 남아 있는 좌측 눈가를 문질렀다.

도무지 뭔가 보이지가 않았다.

눈가를 가득 덮은 흙덩어리들을 털어내자 드디어 눈앞의 광경이 들어오기 시작했다.

"……이……."

눈 뜨고는 볼 수 없는 참상이었다.

마인들도…….

유호대도…….

시신조차 온전히 남기지 못했다.

유초의 하나 남은 눈에서 눈물이 터져 나왔다.

울지 않으려 했는데 자꾸만 눈물이 흘러나왔다.

"우……. 우욱!"

"웁니까?"

"우…….  우우우……."

"……울지 말고…….  이리 오슈……."

유초는 황급히 고개를 돌렸다.

그래도 백비가 살았…….

유초의 몸이 돌처럼 굳어졌다.

그의 눈에 백비의 모습이 들어왔다.

백비는…….

허리 아래가 없었다.

"……배, 백비!"

"쿨럭!"

백비는 입가의 피를 쓱 문질러 닦았다.

"크큭! 잘…….  묶어 놨다고…….  생각했는데…….  씨
바…….  다리 쪽으로 굴러떨어……진 모양이우…….
아…….  진짜 더럽……게 아프네……."

"배, 백비! 백비!"

백비는 싱긋이 웃었다.

"……운 좋수다?"

유초의 얼굴이 일그러졌다.

백비의 목소리가 선명해졌다.

유초는 이것이 회광반조임을 알 수 있었다.

"……."

"……진천뢰 열 개 중에……. 하나만 다른 게 있었소. 그거……. 그냥 아무나 집어 가라고 뒀는데……. 그걸 대주 가 뽑았네……."

"개수작 부리지 마! 이 새끼야! 진천뢰는! 진천뢰 는……."

유초는 백비를 부둥켜 안았다.

유초의 눈물이 백비의 얼굴 위로 떨어졌다.

"……네가 나눠 줬잖아……. 이 새끼야……. 이……."

백비는 키득키득 웃었다.

"어……. 기억하네……? 은근 기억력 좋……네."

"이 새끼야! 니가……. 니가 살면 되지. 니가……. 니가 살아야지. 이 새끼야……. 니가……."

백비는 고개를 설레설레 저었다.

"씨바……. 나 보고 이 끔찍한 짓을 더 하라고……? 나……는 됐수다……. 난 이제……. 좀 쉬려니까……. 그 냥 대주가……. 하쇼……."

"왜! 왜 나냐! 이새끼야! 유근도 있고 유채도 있고, 제만 도 있잖아……. 이 새끼야……. 나 보고 어떻게 살라 고……."

"헤헤……."

백비는 장난스런 얼굴로 입을 열었다.

"그래도 씨바……. 우리가 유호댄데……. 대주도 없으

면……. 씨바……. 무쌍대 쌍놈들 한테……. 밀릴 텐데. 내가 그 꼴을 어떻게 보우……."

"백비……."

"그……. 단천호 있잖소. 그 주군인지. 뭔지……."

"……그래."

"나름 외로……움 좀 타는 것 같……으니까……. 잘 돌봐 주……쇼."

"약한 소리 하지 마! 너도! 너도 같이해야지!"

"나……. 말이우?"

"……그래 이 새끼야!"

"일 없수다……. 사실……. 이제 대주 얼굴도 잘 안……. 보이는……."

유초는 천천히 감기는 백비의 눈을 보고 절규했다.

"백비! 백비 이 새끼야! 일어나! 눈 감지 마! 눈 뜨라고 이 새끼야!"

"……."

"죽지 마! 죽지 마 이 새끼야! 나 혼자 돌아가라고? 이 새끼야! 마지막에는 니가 내 체면 한 번 세워 줘야지! 죽지 마! 죽지 말라고 이 새끼야!"

백비는 부드러운 미소를 지었다.

"재밌……었수다……. 고맙소……."

백비의 고개가 천천히 떨어져 내렸다.

"백비?"

유초는 백비의 어깨를 잡았다.

"백비!"

유초는 백비를 미친듯이 흔들었다.

"백비! 백비! 백비! 이 개새끼야! 눈 감지 말라고! 눈 뜨라고 이 새끼야! 백비!"

유초의 눈에서 눈물이 흘러 백비의 얼굴로 떨어져 내렸다.

"백비! 백비! 이 새끼야! 이 개같은 새끼야……."

유초의 손이 천천히 백비의 얼굴을 부여 안았다.

"으아아아아아아아아아!"

유초의 서러운 통곡이 이젠 아무도 없는 숲속을 서글프게 울렸다.

"우우으……. 우우……. 우……."

유초는 흘러내리는 눈물을 훔쳤다.

마지막에 이렇게 보내서는 안 된다.

적어도…….

"진짜 마지막까지……."

유초는 환히 미소를 지었다.

그 미소가 백비에게 줄 수 있는 마지막 선물이었다.

"말은 더럽게 안 들어 처먹는구나……."

백비 역시 미소 짓고 있는 것 같았다.

"망할 놈……."

*    *    *

"이곳만 벗어나면 됩니다!"

제갈군의 목소리가 격양되었다.

드디어 이 빌어먹을 도주극이 끝나는 것이다.

이십여 장에 달하는 거대한 격랑이 그들의 앞을 틀어막고 있었다.

"여긴?"

"삼협(三峽)입니다. 이곳만 넘으면 더는 추적이 쉽지 않을 겁니다. 관도 아직 살아 있고 아군의 지원도 있으니까요!"

"갑시다!"

육문극은 두말 없이 거대한 격랑으로 몸을 날리려 했다.

바로 그 순간이었다.

"끝났다고 생각했나?"

육문극의 등 뒤에서 싸늘한 음성이 들려왔다.

육문극의 몸이 그대로 굳었다.

등 뒤를 잡혔는데도 전혀 알아채지 못했다.

그리고…….

이 목소리는…….

육문극은 천천히 뒤로 돌았다.

그리고 육문극의 입에서 신음성이 흘러나왔다.

"혈혼마제……."

육문극의 등 뒤에는 혈혼마제가 서 있었다.

혈혼마제는 무척이나 낭패스러운 몰골이었다.

우수는 부러져 덜렁거리고 있었고 전신의 옷이 갈가리 찢겨 있었다.

찢겨진 옷들 사이로 시커멓게 죽은 피부가 보인다.

그럼에도 육문극은 안심할 수 없었다.

아니, 뭘 어떻게 해야 할지 모르는 상황이었다.

이렇게 가까운 거리에서 혈혼마제의 손에서 단천호를 빼낼 수 있을까?

모용민과 육문극이 합공하면 단천호에게 가는 공격을 막아 낼 수 있을까?

육문극은 얼굴을 굳혔다.

"문상."

"예."

"내가 신호하면 단 공자를 잡고 격랑을 넘으시오."

"알겠습니다."

"하나, 둘……."

"셋."

육문극의 얼굴이 굳었다.

마지막 셋은 혈혼마제의 입에서 나온 것이다.

그는 육문극과 제갈군의 전음을 들을 수 있는 것이다.

"빠져나갈 수 있다고 생각했나!"

혈혼마제의 양손에 붉은 연기가 피어올랐다.

"가시오!"

육문극은 단천호를 제갈군에게 집어 던졌다! 그와 동시에 혈혼마제에게 달려들었다.

모용민 역시 검을 뽑아 혈혼마제를 향해 쇄도해 들어갔다.

제갈군은 단천호를 받아들고 격랑을 향해 몸을 날렸다.

"소용없는 짓!"

혈혼마제의 양손이 교차된다.

그와 동시에 피어오른 거대한 붉은 연기가 육문극과 모용민을 향해 덮쳐 갔다.

"큭!"

"으앗!"

강력한 공격이었던 것은 아니다.

부상을 입은 것도 아니다.

다만……

단 한순간의 주저함을 낳게 하는 공격이었다.

그리고 혈혼마제는 그 한순간이면 충분했다.

혈혼마제의 우수에서 피어오른 적운수(赤雲手)가 제갈군

을 향해 날았다.

"안 돼!"

육문극이 다급하게 외쳤다!

격랑 위로 몸을 날린 채 날아가던 제갈군의 얼굴이 시커멓게 변했다.

제갈군의 능력으로는 허공에서 몸의 방향을 바꿀 수 없었다.

제갈군은 얼굴을 굳혔다.

그는 군사.

어떤 상황에서도 당황하지 않고 그 순간 할 수 있는 최선의 대처를 찾아내어야 한다.

제갈군은 단천호의 목을 붙들었다. 그리고 있는 힘을 다해 강 건너편으로 집어 던졌다. 동시에 그 반동을 이용하여 몸을 뒤로 날린다.

적운수가 허무하게 둘을 스쳐 지나갔다.

"됐다!"

육문극은 자신도 모르게 소리쳤다.

"아니!"

하지만 모용민은 사색이 된 얼굴로 외쳤다.

풍덩!

제갈군이 격랑으로 떨어졌다.

모용민은 당장 격랑으로 몸을 날리려 했다.

"안 되지."

하지만 그의 앞을 혈혼마제가 막아섰다.

"으아! 제기랄!"

모용민의 입에서 육두문자가 튀어나왔다.

그럴 수밖에 없었다.

제갈군은 강 건너편으로 단천호를 던졌지만 허공이라 충분히 힘을 싣지 못했다.

단천호는 격랑으로 추락하고 있었다.

저 심각한 부상에 탈진까지 했다.

게다가 수혈까지 짚어 버린 육문극이었다.

그런 상황에서 저 험한 격랑에 떨어지면 기적을 기다릴 필요도 없다.

"잡아!"

"크으윽!"

제갈군은 단천호가 날아간 방향으로 헤엄쳐 가려 했지만 거대한 전투와 지독한 도주를 겪은 그의 몸은 이미 탈진 상태였다.

"으아아아! 주군!"

제갈군이 고함쳤다.

"흐흐."

혈혼마제의 우수가 들렸다.

육문극의 눈이 크게 떠졌다.

혈혼마제의 우수에서 피어오른 거대한 붉은 구름이 가공할 속도로 단천호를 향해 날아갔다.

"막아!"

혈혼마제는 비릿한 미소를 지었다.

"단 일 푼의 확률이라도 살아날 가능성이 있다면 용납할 수 없지. 죽어라, 단천호!"

단천호의 육체가 붉은 구름에 휩쓸렸다.

내공을 운용하지 않은 단천호의 육체는 일반인과 다를 바가 없다.

그런 단천호가 적운수를 버텨 낼 수 있을 리가 없었다.

육문극과 모용민은 동시에 고개를 돌렸다.

이걸로 모든 것이 끝나 버린 것이다.

모용민은 분노에 가득 찬 얼굴로 혈혼마제를 바라보았다.

"혈혼마제!"

하지만 이상했다.

혈혼마제의 얼굴에 가득했던 득의양양한 미소가 씻은 듯 사라져 있었다.

그리고 나타난 표정은 분노와 당혹함이었다.

누가 봐도 혈혼마제는 크게 당황하고 있었다.

"네가 왜!"

혈혼마제의 고함에 모용민은 다시 고개를 돌렸다.

"마후!"

혈혼마제의 목소리는 터질 듯한 분노가 고스란히 담겨 있었다.

모용민은 보았다.

단천호의 몸을 안아든 채 허공에 떠 있는 한 여인을.

"저 아이는?"

긴 은발이 바람에 휘날리는 여인.

모용민은 알 수 없는 위화감을 느꼈다.

그녀의 입이 천천히 열렸다.

"당신 역시 그의 뜻을 조금도 알지 못하는군요."

혈혼마제는 이성을 잃은 듯 금방에라도 그녀에게 달려들 듯했다.

"설명해라! 마후! 아니, 설난향! 지금 뭐하는 짓거리냐!"

소수마후. 아니, 설난향은 무감각하게 대답했다.

"당신이 저지를 뻔한 멍청한 짓거리를 수습하고 있는 중이죠."

"닥쳐라!"

설난향은 설레설레 고개를 저었다.

"당신 역시. 이 거대한 무대에서 춤추는 꼭두각시에 불과할 뿐."

설난향의 눈이 육문극에게로 꽂혔다.

그 순간 육문극이 설난향에게로 날아들었다.

설난향은 미련없이 육문극에게 단천호를 넘기고 강 건너

편에 내려섰다.

"……당신은?"

육문극의 질문에 설난향은 고개를 저었다.

"당신 역시, 그리고 나도……."

"대체?"

"이 얽혀 버린 실타래를 풀 수 있는 것은 그 사람뿐이에요."

설난향은 단천호를 가리키고 있었다.

"실타래를 끊어 버린다면 그의 진노가 천하를 덮치겠죠. 난 그걸 원하지 않아요."

"무슨 소리를 하는 겁니까?"

혈혼마제는 짐승처럼 소리쳤다.

"설난향! 가만두지 않겠다!"

설난향은 싸늘한 미소를 머금었다.

"당신이?"

"크으……. 네, 네년이 그분의 총애를 믿고 날뛰는구나!"

설난향은 싸늘하게 일갈했다.

"돌아가라."

"감히!"

"혈선은 아직 이자의 죽음을 원하지 않으신다."

"그, 그게 무슨 소리냐!"

"난 이미 전했다."

설난향은 그 말을 남기고 허공으로 몸을 날렸다.

"단천호에게 전하세요. 이제 그가 올 겁니다. 미몽에서 깨어나지 못하면……. 모든 것이 끝이라고 말해 주세요."

"대체 그게 무슨 소리요!"

설난향은 대답하지 않았다.

그녀의 모습은 순식간에 멀어졌다.

"……제길!"

혈혼마제는 강을 건너지 않았다.

설난향이 남긴 말이 마음에 걸리는 모양이었다.

"두고 보자, 단천호!"

혈혼마제는 돌아갔다.

육문극은 이 상황이 믿기지 않았다.

대체 뭐가 어떻게 돌아가고 있는 것인가.

혼란스런 와중에 그나마 다행인 것은……

이제 전투는 끝났다는 것이다.

육문극은 자신도 모르게 자리에 주저앉았다.

그의 옆에는 의식을 잃은 단천호가 아무것도 모른 채 쓰러져 있었다.


후에 일차 의혈대전(義血大戰)이라 명명된 이 전투는 혈천과 의천맹 양쪽에 극심한 피해를 남겼다.

혈천은 무려 이백오십에 달하는 마인을 잃었다.

의천맹의 피해는 총 구백에 달했고 이 중 중소문파의 피해가 사백에 달했다.

단천호의 목표로 보자면 의천맹이 크게 승리한 전투로 불려야 하지만…….

의천맹의 누구도, 그리고 후세의 누구도…….

이 전투를 의천맹의 승리라고 보지 않았다.

88
장
—

혈
선
움
직
이
다

익숙한 공간이었다.

단천호는 주위를 둘러보았다.

본 적이 있는 곳.

기억 속에 있는 곳이었다.

뚜벅.

뚜벅.

단천호는 등 뒤에서 들려오는 발소리에 고개를 돌렸다.

그리고 얼굴을 일그러뜨렸다.

"광천마!"

흉포한 붉은 용이 새겨진 붉은 피풍의.

사자 갈기처럼 제멋대로 휘날리는 머리카락.

강인한 턱선.

단천호에게 다가온 자는 광천마였다.

단천호는 광천마를 향해 맹렬한 적의를 드러냈다.

"빌어먹을! 왜 자꾸 나를 찾아오는 거냐!"

광천마의 눈썹이 찌푸려졌다.

"아직도 모르는 건가?"

"무슨 개소리를 하는 거냐!"

광천마는 무뚝뚝하게 대답했다.

"이곳을 찾아온 이는 바로 너다. 난 그저 이곳에 머무르고 있을 뿐이지."

"그게 무슨 소리야?"

"내가 너를 찾은 것이 아니라, 네가 나를 찾아온 것이다. 정말 모른다고 할 셈이냐?"

"개소리 집어쳐!"

"큭."

광천마는 조용히 웃기 시작했다.

"가련한 자여."

"닥쳐!"

"아직도 미몽 속을 헤매이고 있는 것인가?"

단천호는 머리가 터져 버릴 것만 같았다.

대체 미몽이 뭔가?

설난향도 그렇고 광천마도 그렇고, 왜 자꾸 단천호에게

깨어나라고 하는가?

대체 깨어나라는 것이 무슨 의미인가?

"대체 미몽이 뭐냐!"

"네가 미몽이다."

"빌어먹을! 제발 알아들을 수 있도록 설명을 해!"

광천마는 광소를 터뜨렸다.

그 웃음은 너무도 유쾌하게 들렸지만⋯⋯. 한편으로는 너무나도 처절했다.

하지만 단천호에게 그 웃음소리는 그저 분노를 자극하는 소리일 뿐이었다.

"빌어먹을 놈!"

단천호의 우수가 광륜을 만들어 내었다.

하지만 광천마는 반응하지 않았다.

단천호는 주춤했다.

저번에는 분명 단천호가 광륜을 만들자마자 혈륜을 꺼내 들지 않았던가?

광천마의 입이 천천히 열렸다.

"어디까지 나를 기만할 셈인가?"

"뭐?"

"대체⋯⋯. 대체 어디까지!"

광천마의 목소리에는 상상할 수 없는 처절한 분노가 서려 있었다.

"왜 눈을 뜨지 않는 거냐!"

"대체 눈을 뜨라는 게 뭐야! 내가 뭐가 잘못되었다는 거야!"

단천호 역시 폭발할 것만 같았다.

모두가 그에게 말한다.

눈을 뜨라고.

미몽에서 깨어나라고!

대체 단천호의 어디가 잘못되어 있다는 말인가!

광천마는 천천히 입을 열었다.

"……어디가 잘못되어 있냐고?"

"……."

광천마는 천천히 고개를 끄덕였다.

"그럴 거라고 생각했다."

"뭐?"

광천마의 육체가 거대한 투기를 뿜어내기 시작했다.

맞서는 것만으로 의식이 아득히 날아가 버릴 것만 같은 투기!

상상조차 할 수 없는 기운이었다.

"하지만 그러지 않길 바랐지."

"대체! 무슨 소리를 하고 있는 거냐고 내가 묻잖아!"

광천마는 미소를 지었다.

그 미소는…….

너무도 슬퍼 보였다.

단천호마저도 일순 말을 잃을 만큼 처연한 미소였다.

"깨어나고 싶지 않은 거군."

"뭐?"

"모든 것은 갖추어졌다. 하지만 넌 깨어나지 않았지. 네 스스로 깨어나기를 거부하고 있는 것이다."

"그게 대체 무슨 말이야?"

"아니라고 말할 수 있나?"

"……"

"깨어나고자 한다고 내게 말할 수 있는가?"

"으……"

머리가 깨어질 듯 아파 온다.

"어디까지 나를 비참하게 만들 셈이냐?"

어떻게 할 수 없는 거대한 격통이 단천호의 머리를 짓누른다!

"으아아아아아아아!"

순간 단천호와 광천마가 존재하던 세계가 급격히 무너져 내리기 시작했다.

무너져 내리는 세계 속에서 광천마는 고개를 들어 단천호를 응시했다.

"아무래도 좋다."

"……?"

광천마는 고개를 천천히 저었다.

"더 이상은 피할 수 없다."

"뭐?"

"이제 더는 피할 수 없을 거다. 더 이상은……. 흐하하하하하하핫!"


"우와아아악!"

단천호는 자리에서 일어났다.

"큭!"

전신이 격통을 호소했다.

단천호는 자신의 손을 내려다보았다.

'붉다…….'

새하얗던 손이 투명한 붉은빛을 띠고 있었다.

그토록 벗어나고 싶었던…….

피의 굴레에 다시금 들어와 버린 것이다.

아무리 도망쳐도 운명이란 놈은 단천호를 놓아 주지 않았다.

"내가 피하고 있다고?"

단천호는 자리에서 일어났다.

"내가 뭘 피하고 있단 말이야!"

누구도 대답해 주지 않았다.

의식이 있을 때 광천마는 그를 찾지 않는다.

어떤 질문에도 대답해 주지 않고 어떤 혼란 속에서도 구원의 손길을 보내 주지 않는다.

"뭐가 잘못된 거야!"

어렴풋이 느끼고 있었다.

뭔가 뒤틀렸다는 것을.

뭔가 크게 잘못되어 가고 있다는 것을.

마치 첫 단추를 잘못 끼워 버린 것처럼 아무리 애를 써도 고쳐지지 않는다.

"대체 뭐가!"

머리가 아파 온다.

상상도 할 수 없는 극심한 격통이 단천호를 괴롭혔다.

대체 왜!

뭐가 잘못된 건가!

대체 어디부터 잘못되어 버린 건가?

"대답해!"

콰콰쾅!

전각이 통째로 터져 나갔다!

"으아아아아아아아아아!"

단천호는 괴성을 지르며 머리를 움켜잡았다.

머리를 통째로 뜯어내는 것만 같은 격통이 단천호를 참을 수 없게 했다.

"끄으……."

대체…….

단천호는 고개를 들었다.

'미몽.'

이 모든 것이 꿈이라면…….

이제 꿈에서 깨어야 할 시간이다.

광천마가 한 말은 명백했다.

더 이상 피할 수 없는 것. 이제 더는 피할 수 없는 것.

'혈선.'

단천호는 고개를 돌렸다.

"깨어나셨습니까?"

제갈군이 단천호를 보며 깊게 읍을 했다.

단천호는 차가운 표정으로 입을 열었다.

"모두 소집해라."

"명을 받듭니다."

단천호는 몸을 돌려 걸어갔다.

한 걸음.

또 한 걸음.

폭풍 같은 패기가 몰아치기 시작했다.

"혈천을 친다."

"존명!"

"난 이제 피하지도 숨지도 않겠다."

제갈군은 그저 읍을 할 뿐이었다.

지금의 단천호는…….

이상하게 지금까지의 단천호와 조금 다른 것 같았다.

단천호는 고개를 들어 하늘을 바라보았다.

달은 아무 말 없이 단천호를 내려다보고 있었다.

'비틀린 것이 있다면 바로 잡겠다.'

그것이 미몽에서 깨어나는 것이라면…….

단천호는 더 이상 방황하지 않을 것이다.


＊　　　　＊　　　　＊


문은 아주 천천히 열렸다.

뒤틀린 나무가 서로 부대끼며 내는 작은 소음이 천천히 울려 퍼졌다.

문이 열리고 한 인영이 천천히 그 모습을 드러내었다.

인영은 햇살이 눈이 부신지 살짝 눈을 감고는 천천히 가슴을 폈다.

그저 아무것도 아닌 일이었다.

한 사람이 조금 가슴을 폈을 뿐이다.

그러나 그 광경을 본 사람이라면 누구도 그것을 아무것도 아닌 일이라고 말하지는 못할 터였다.

그저 가슴을 폈을 뿐인데 인영을 중심으로 세상이 움직이는 것만 같았다.

햇살 아래 인영의 모습이 천천히 드러났다.

눈이 내린듯 새하얀 백발은 허리춤까지 길게 늘어뜨려져 있었다. 제멋대로 헝크러진 듯한 머리였으나 이상하게도 가지런하다는 느낌을 주었다.

긴 백염은 가슴을 지나 배꼽까지 길게 자라 있었다.

그 키는 육 척.

넓게 벌어진 어깨는 마치 태산이라도 짊어질 수 있을 듯 당당했다.

주름 하나 없는 홍안은 백발과 이질적으로 어울렸다.

노인은 천천히 눈을 떴다.

노인의 눈이 드러난다.

커다란 노인의 눈 안에 칠흑같이 어두운 눈동자가 깊게 자리하고 있었다.

노인의 눈동자는 너무도 깊고 어두워서 그 안을 들여다보고 있으면 마치 빠져드는 느낌을 주기에 충분했다.

이 모든 모습이 하나로 어우러져 노인을 처음 본 사람은 분명 알 수 없는 이질감을 느낄 것이다.

태산 같은 위압감을 주면서도 알 수 없는 부드러움이 있었다.

금방에라도 살을 에일 듯한 한기가 느껴지는 데도 그 안에는 훈풍 같은 따뜻함이 있었다.

이질적인 것들이 하나로 어우러진다.

노인은 존재하는 것과 존재하지 않는 것. 세상의 모든 극과 극을 한 몸에 품고 있는 듯했다.

　그럼에도 노인의 모습은 너무나도 자연스러웠다.

　조금 덩치가 크다는 것 외에는 어딘가에 있을 촌로를 연상한다고 해도 무리가 아니리라.

　하지만 이 노인을 아는 자들은 결코 그렇게 생각하지 않을 터였다.

　그리고 그것을 가장 잘 아는 자가 지금 바닥에 머리를 처박듯이 가져다 댔다.

　"혀, 혈선을 뵙습니다!"

　혈선의 입가에 가느다란 선이 만들어졌다.

　미소.

　그것은 미소라기 보다는 차라리 마소(魔笑)에 가까웠다.

　지옥의 아수라가 짓는 미소가 이러할까?

　그의 미소는 너무도 차가우면서 너무도 고혹적이었다.

　"혈선이시여! 어찌……."

　잔혼마제는 뒷말을 잇지 못했다.

　뭐라고 말을 해야 하는가?

　어째서 밖으로 나왔느냐고 묻는 것은 너무도 외람되지 않은가?

　그런 잔혼마제의 고민을 풀어 주듯이 혈선은 천천히 입을 열었다.

"길었구나."

"그, 그렇습니다! 위대하신 분이시여! 허나 이제 얼마 남지 않았습니다! 조금의 시간만 더 주신다면 천하를 혈선의 발 아래에 바치겠습니다!"

혈선은 여전히 미소 지은 얼굴로 잔혼마제를 바라보았다.

잔혼마제는 더욱 머리를 바닥으로 처박았다.

휘장 없이 혈선의 얼굴을 정면으로 본다는 것은 커다란 불경이었다.

적어도 잔혼마제는 그렇게 생각했다.

"나 역시 미몽에서 벗어나지 못했다."

"……."

혈선은 모든 것에 초탈한 듯한 목소리로 부드럽게 입을 열었다.

"이대로라면 나 역시 똑같은 것을……."

혈선은 천천히 고개를 들어 하늘을 바라보았다.

잔혼마제는 식은땀을 흘리며 혈선의 의중을 파악하기 위해 최선을 다했다.

하지만 혈선의 의중을 파악하는 것은 잔혼마제에게는 불가능한 일이었다.

"중원으로 가겠다."

"헉!"

잔혼마제는 헛바람을 집어삼켰다.

중원으로 간다니.

혈선이 혈거를 떠난 것이 대체 몇 년 만인가?

"혀, 혈선이시여! 부족하지만 저희와 일천 혈천문도들이 최선을 다하고 있습니다! 아니, 저희의 노력이 부족했습니다! 지금 당장……."

"그런 것이 아니다."

혈선은 천천히 고개를 저었다.

"……."

잔혼마제는 영문을 몰라 혈선을 올려다보았다.

"잔혼마제여."

"위대하신 분의 명을 듣습니다!"

"내가 누구이더냐?"

잔혼마제는 자신이 지닐 수 있는 모든 진심을 담아 외쳤다.

"혈선께서는 혈선이십니다! 이 세상 모든 마의 주인이시자 마의 하늘이십니다!"

혈선은 가볍게 웃었다.

그 가벼운 웃음이 굉장히 유쾌하게만 들렸다.

"그래. 그렇겠지."

"……."

"잔혼마제여."

"예."

"너는 살아가는 이유가 있는가?"

"……."

잔혼마제는 대답하지 못했다.

누구라도 그런 질문을 받는다면 선뜻 대답하지 못할 것이다.

"나는 이 순간을 위해서 지금까지 살아왔다."

"혈선이시여……?"

"그럼에도 내가 선뜻 나서지 못했던 것은 긴 세월 나를 짓눌러 온 막연한 두려움을 떨쳐 내지 못했기 때문이지."

"……."

"하지만 이젠 아니다. 그래서는 달라질 것이 없어."

혈선의 미소는 여전히 고혹적이었지만 어쩐지 처연하게 느껴지기도 했다.

"난 더 이상 기다릴 수 없다."

"혈선이시여."

"이제는 이 길고 길었던 인연의 종지부를 찍으러 가겠다."

잔혼마제는 혈선이 무슨 말을 하는지 도통 이해할 수가 없었다.

길고 긴 인연이라니.

그게 대체 무엇을 뜻하는 건가?

"잔혼마제여."

"말씀하십시오. 마의 하늘이시여!"

"고백컨대, 나는 어둠이 두려워 눈을 감아 버린 아이와도 같았다."

"······?"

"눈을 감아 보았자 어둠은 사라지지 않는 것을······."

혈선은 천천히 고개를 돌렸다.

그가 바라보는 곳.

그곳은 중원이었다.

"그를 만나러 가야겠다."

"따르겠습니다."

잔혼마제는 아무것도 알 수 없었다.

하지만 단 한 가지만은 너무도 명확했다.

혈선이 가는 길이라면 그는 따르면 된다.

어떠한 의문도 그 앞에서는 중요하지 않다.

혈선이 가는 길이야말로 마의 하늘이 열리는 길이니까.

혈선은 천천히 걸음을 옮겼다.

잔혼마제는 황급히 그의 뒤를 따랐다.

혈선은 입가에 부드러운 미소를 띠고 조용히 중얼거렸다.

"기다림은 끝났다."

혈선의 목소리는 후련함과 비장함. 기대와 후회가 모조리 뒤섞여 기이하게 울렸였다.

"나의 기다림도. 너의 기다림도. 너 역시 나의 대답을 기다리고 있겠지?"

혈선은 눈을 감았다.
그의 얼굴은 너무도 평온했다.


천하의 누구도 알지 못하는 곳에서.
마(魔)의 하늘이 열렸다.
그리고 지금 그 마의 하늘은……
단천호를 향해 천천히 드리워졌다.


〈『역천도』 12권에서 계속〉